LES DETTES DU CŒUR

PIÈCE EN QUATRE ACTES, EN PROSE

DE

M. DELAHAYE

Représentée pour la première fois, à Paris,
sur la scène du 3me Théâtre-Français, le 23 janvier 1879.

PARIS
J. BARBRÉ, ÉDITEUR
12, BOULEVARD SAINT-MARTIN, 12

1880

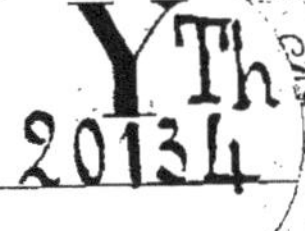

LES

DETTES DU COEUR

LES DETTES
DU CŒUR

PIÈCE EN QUATRE ACTES, EN PROSE

DE

M. DELAHAYE

Représentée pour la première fois, à Paris,
sur la scène du 3me Théâtre-Français, le 23 janvier 1879.

PARIS
J. BARBRÉ, ÉDITEUR
12, BOULEVARD SAINT-MARTIN, 12

1880

PERSONNAGES

MAX DERVILLE, Licencié en droit, 28 ans.	MM.	J. RENOT.
GUSTAVE LEFORT, riche propriétaire 35 ans......................................		RAMEAU.
Le Comte EUGÈNE DE MAULÉON, 30 ans.		P. DESCLÉE.
Le général HECTOR DE RIS, 66 ans.........		BARRAL.
GERMAIN, ancien soldat au service du général, 60 ans................................		HECTOR.
Mme DE RIS, femme du général, 47 ans......	Mmes	E. PETIT.
Mlle VOLCY DE RIS, fille du général, 18 ans.		L. BERNAGE.
Mme la Comtesse EDMÉE D'ALÊNA, 26 ans..		REGNARD.
FLORE, femme de chambre de VOLCY, 25 ans.		C. D'ESCORVAL.
FRANCOIS, domestique, 40 ans.............	M.	LEBRASSEUR.

La Scène se passe à Paris, de nos jours, pour les deux premiers actes; au Château de Verrières pour le 3me, et dans une petite maison voisine du Château, la nuit, pour le 4me acte.

LES

DETTES DU CŒUR

ACTE PREMIER

Le théâtre représente un cabinet de garçon très coquettement meublé avec un canapé, deux portes latérales, une au fond et deux fenêtres, l'une à droite et l'autre à gauche.

SCÈNE PREMIÈRE

MAX, GUSTAVE.

MAX, *à la cantonnade.*

Adieu Paul, adieu ! (*Au dehors plusieurs voix: Adieu Max, à bientôt.*) A bientôt ! oh ! non ! ces réunions musicales qui dégénèrent en demi-orgies me sont devenues aussi insupportables qu'elles m'étaient agréables autrefois.

GUSTAVE.

On s'en est aperçu.

MAX.

Ces artistes qui par leur talent m'étaient naguère si sympathiques, me font maintenant presque honte par leur langage qui me rappelle mon passé, enfin ces élèves de l'École polytechnique par leurs succès mêmes, semblent me reprocher l'inutilité de ma vie actuelle... Aussi je ne veux plus les revoir.

GUSTAVE.

Rien ne t'y oblige... d'ailleurs ils sont trop jeunes pour une plus longue camaraderie.

MAX, *ouvrant la fenêtre.*

J'ai besoin de respirer l'air pur..... Ah! quel beau ciel... Vois donc Gustave quelle belle nuit?

GUSTAVE, *se penchant à la fenêtre, avec ironie.*

Et la lune donc!... Que c'est beau la lune.....

MAX.

Homme sans poésie va!

GUSTAVE.

Mais laisse donc à ces natures étiolées, à ces cerveaux creux le soin de vivre dans les nuages, prends-moi la vie à bras le corps, saisis-la par le côté matériel, c'est le plus solide, et tu te trouveras heureux. Tiens! si la société n'avait pas ses exigences, je te dirais fais-toi quinze jours porteur d'eau et tu seras guéri.

MAX.

Je n'y avais pas encore songé.

GUSTAVE.

Écoute, Max, tu es licencié en droit?

MAX.

Après?

GUSTAVE.

Il faut faire ton stage au palais et prendre ton rang dans le monde.

MAX.

Rechercher ses bonnes grâces; je ne suis bientôt plus d'âge à les gagner.

GUSTAVE.

Ne dirait-on pas que tu marches avec des béquilles, à 28 ans... Il faut te marier.

MAX.

D'abord je n'en ai pas le désir et l'eussé-je, qu'avec mes

goûts de grande vie, je n'ai plus assez d'or pour me permettre le luxe d'une femme aimée qui soit sans fortune, et on ne trouve pas toujours une riche et jolie fille qui veuille bien d'un homme sans position.

GUSTAVE.

Tu ne seras pas longtemps à t'en créer une et tu verras bientôt d'honorables familles faire au-devant de toi les premiers pas.

MAX.

Non; je hais ces unions où tout se règle chez le notaire, ces alliances que deux familles contractent plutôt que les deux époux et d'où doit infailliblement sortir plus tard, l'adultère et toutes ses conséquences.

GUSTAVE.

A la bonne heure! voilà des idées saines.

MAX.

Et si jamais j'étais tenté d'épouser une femme, je voudrais, m'écartant des routes battues, la rencontrant seule, par hasard, dans le monde, au théâtre, n'importe où; conquérir avant tout, son âme en lui dévoilant les qualités et les défauts de la mienne, ne devoir enfin notre union qu'à nos seuls mérites, et n'enchaîner nos deux cœurs qu'à bon escient.

GUSTAVE, *à part.*

Je le sais bien..... (*Haut.*) Parfait... Eh bien, jeune Colomb, cherche ton Amérique et épouse-la.

MAX.

Encore une fois non... Je suis trop pauvre.

GUSTAVE.

Comment? Il te reste encore 20,000 francs de rentes.. et puis parce que je suis trop riche et ton ami, m'est-il défendu de m'alléger en ta faveur.

MAX.

Absolument défendu.

GUSTAVE.

Orgueilleux va!... Si tu ne te sens pas assez digne pour

te marier de la main droite, épouse de la main gauche..... prends une joyeuse et surtout libre maîtresse! « Car il ne faut jamais chasser sur les terres d'autrui. » Tu n'es pas si blasé j'espère, que tu n'aimes encore le jeune chant d'une fauvette? Eh bien tu chanteras avec elle.

MAX.

Une maîtresse (*A part.*) S'il savait. (*Haut.*) Hélas! au bout de quelques mois d'un tel concert à deux, ou bien la fauvette ne chante plus quand on chante encore, ou elle chante encore quand on ne chante plus; alors le duo amoureux se change en un plaintif et douloureux solo aussi ennuyeux pour celui qui le chante que pour celui qui l'écoute. Une maîtresse de plus ne ferait rien à mon cœur, va Gustave... renonce à ton moyen, il ne vaut rien pour me guérir.

GUSTAVE.

J'y renonce si peu que j'ai pour toi dans l'esprit, la plus jolie fille de Paris.

MAX.

Tu as un parti à me présenter?

GUSTAVE.

Peut-être?

MAX.

C'est inutile.

GUSTAVE.

Du tout.

MAX.

Je cherche en vain où tu veux en venir, mais depuis ton arrivée chez moi, ton amitié ne sait qu'inventer pour me distraire.

GUSTAVE.

Mon amitié! A-t-elle quelque prise sur toi seulement.

MAX.

Tu me le demandes?

GUSTAVE.

Eh bien! fournis-m'en la preuve en me donnant ta parole d'honneur que pendant un délai de huit jours, tu n'attenteras pas de nouveau à ta vie.

MAX.

Tu sais donc?

GUSTAVE.

Tout... même le projet insensé que tu nourris encore en conservant du poison sous le chaton de la bague que tu portes au doigt.

MAX.

Qui a pu t'instruire?

GUSTAVE.

Rien ne m'échappe, crois-le bien... Aussi je te demande de me donner ta parole que tu renonces à ce dessein.

MAX.

Brave cœur! Je te la donne.

GUSTAVE.

Que tu chercheras à recouvrer ton esprit et ta verve d'autrefois.

MAX.

Je tâcherai.

GUSTAVE.

Qu'enfin tu m'obéiras en toutes choses, quoique je t'ordonne qui te paraisse même déraisonnable.

MAX.

Je t'obéirai.

GUSTAVE.

Aveuglément?...

MAX.

Aveuglément...

GUSTAVE.

Merci... Et n'oublie pas que pour toi... C'est le salut.

MAX.

Mon pauvre ami je sens que tu as raison dans tous les

efforts que tu tentes pour me guérir et cependant je cherche en vain à profiter de tes conseils... J'ai le cœur prostré, mort, je n'ai la force ni du bien ni du mal... A peine ai-je le courage de me mépriser moi-même.

GUSTAVE.

Cherche un noble mobile à tes actions et tu verras que ton cœur mort n'est qu'endormi.

MAX, *avec animation.*

Eh bien oui! il est des journées où oppressé de mon inaction je rougis de moi-même; il est des instants où, rassemblant toutes mes forces, j'ai envie de rouvrir glorieusement une carrière que je n'aurais pas dû me fermer, où je me vois arrivé à la considération, aux honneurs justement acquis, écoulant une vie active entourée des soins et de la tendresse d'une jeune femme, ou je me surprends en rêve, jouant avec de beaux enfants élevés par la meilleure des mères, puis, lorsque, secouant les haillons de mon passé je vais pour m'élancer dans l'arène... une femme! une femme que j'ai aimée, mais que je n'aime plus, se dresse devant moi, me cache mon Eden, m'en défend l'entrée, ou me menace de sa mort.

GUSTAVE.

Qu'entends-je?

MAX.

Tu le vois, Gustave, pour courir après une chance plus qu'incertaine de bonheur, il me faut d'abord marcher sur un cadavre, c'est d'un triste augure; n'est-il donc pas plus juste puisque je ne puis soutenir davantage la vie que je mène, que je prenne la mienne plutôt que celle d'autrui.

GUSTAVE.

Malheureux! mais tu ne m'as jamais parlé de cette liaison... Qu'elle est cette femme enfin?

MAX.

C'est une Italienne, mariée et ton ennemie!

GUSTAVE.

Mon ennemie?

MAX.

Oui, je ne sais quelle funeste prescience lui cria toujours de se défier de toi... Elle me dit souvent en lisant celles d'entre tes lettres que je pouvais lui montrer « C'est un brave cœur que ton ami, mais je ne puis l'aimer, car il sera cause que tu briseras le mien.» En vain j'ai voulu la dissuader, elle m'a toujours fait promettre de ne jamais t'instruire de notre amour... et quand elle te saura ici.... Oh! je redoute des scènes affreuses!... comme elle va souffrir! et que je vais être malheureux!

GUSTAVE.

C'est bien, mon ami, je sais ce qui me reste à faire... et demain...

MAX, *l'interrompant.*

Oh! Gustave, c'est mal! si bas que je sois descendu il me reste encore assez de dignité pour faire respecter chez moi l'ami généreux qui m'est venu consoler. D'ailleurs Edmée (c'est son nom) est à la campagne, ne me fait que de courtes visites et elle ne reviendra pas de quelques jours... et puis... Si elle consent à t'être présentée, tu verras qu'elle a de grandes qualités et qu'il est peut-être malheureux pour moi que je ne l'aime plus.

GUSTAVE.

Ton découragement ne vient que d'elle et malgré moi... j'aime mieux éviter sa présence.

MAX.

Tu demeureras ici... je le veux.

GUSTAVE, *d'un ton d'amère ironie.*

Et moi qui sottement te conviais à de libres et jeunes amours, je ne me doutais pas de ton goût à partager à deux les faveurs d'une mûre beauté. Certes, je ne suis pas de mœurs très austères les conseils que je te donnais tout à l'heure en font foi; mais je n'aurais jamais cru que des amours adultères pussent s'accorder avec tes principes.

MAX.

Que veux-tu? la fatalité!

GUSTAVE.

Ainsi, Max, non content de tes anciennes fautes, tu as voulu y mettre le comble en allant sans doute te dire l'ami d'un homme dont tu voulais séduire la femme.

MAX.

Mon ami...

GUSTAVE.

Hypocrite raffiné, tu as joué la comédie jusqu'à ce qu'il t'ait pris pour le type de l'honnête homme et un jour après avoir dîné à sa table, après lui avoir serré la main, tu ne lui as pas pris son or, comme un voleur de bas étage, tu lui as volé sa femme et tu veux te trouver heureux. Oh! non, ce ne serait pas juste... Allons traîne ton boulet, mon pauvre ami, et quand tu auras subi de ces scènes désolantes qui font rougir d'avoir un cœur, quand tu auras autant de fois maudit ta liaison que tu l'as souhaitée, le mari découvrira ton déshonneur, tu le tueras en duel pour lui garder sa femme que tu n'aimes plus et ce sera ton châtiment.

MAX.

Si tu savais dans quelles circonstances... combien j'ai regretté... mais maintenant que faire?

GUSTAVE.

Que faire, dis-tu? Il n'est jamais trop tard pour se laver d'une souillure... Elle a son mari, qu'elle se repente... Quant à toi il ne faut plus la revoir.

MAX.

Elle se tuera.

GUSTAVE.

Bah! toutes le disent, et peu le font... heureusement, car sans cela, nombre de jeunes filles ne trouveraient que des hommes veufs à épouser...

MAX.

Si je le savais... je n'hésiterais pas.

GUSTAVE.

Elle est à la campagne : fais tes malles cette nuit même.

Écris-lui que le Gustave tant redouté t'emmène en Amérique, et la haine qu'elle aura pour moi, faisant diversion à son amour, elle sera plus tôt guérie... j'encours le courroux d'une jolie femme... car elle est jolie, n'est-ce pas?

MAX.

Plus que jolie... elle est belle!

GUSTAVE.

C'est un crime de lèze-beauté alors; mais tant pis! C'est pour ton bonheur et le sien... Voyons, es-tu décidé à suivre mon conseil?

MAX.

Eh! bien...

GUSTAVE.

Sinon, adieu... Je pars à l'instant même.

MAX, *avec résolution.*

Reste Gustave, mon parti est pris... Oh! que j'ai le cœur serré (*Allant ouvrir un petit meuble à gauche et prenant un journal*). Tous les jours depuis cette fatale liaison, j'écris là, sur ce journal, mes impressions de bonheur et de malheur... Ce sera ma dernière page, mais elle sera bien amère.

GUSTAVE.

Allons! Courage et bonsoir... Moi je vais composer des vers en l'honneur du Madère.

MAX.

Des vers?...

GUSTAVE.

Oui... Depuis une récente et heureuse aventure arrivée dans ma vie, j'ai voué, par reconnaissance une sorte de culte au vin de Madère.

MAX.

Encore cette histoire... Qu'est-ce que cela signifie?

GUSTAVE.

Tu le sauras plus tard... En attendant, voulant rester seul avec ma muse, emporte-moi la lumière et dans quelques heures, je te dirai un sonnet qui n'aura rien à envier à celui d'Oronte.

MAX.

Je renonce à te comprendre.

GUSTAVE.

Je ne renonce pas à te guérir.

MAX.

Rentre au moins dans ta chambre, l'atmosphère de ce fumoir est nauséabonde.

GUSTAVE.

Au contraire, la fumée des Londrès m'inspirera...Je vais m'asseoir dans ce fauteuil, et puis au mois de Mai, le jour est sitôt arrivé.

MAX.

Tu le veux... A ton aise...

SCÈNE II

GUSTAVE, *seul.*

Quelle étrange chose que nos destinées : voici un garçon que la nature a comblé de ses dons, qui a tout pour aimer et se faire aimer et ne sait pas se servir de son cœur, et qui par une aberration du sens moral, grossissant comme à plaisir les écarts d'une jeunesse dissipée, s'exagérant les difficultés d'une rupture, veut se tuer. Tandis que moi à qui elle a tout refusé, j'adore la vie, et je donnerais tout ce que je possède pour inspirer une affection !... Allons ! soyons philosophe, rabattons-nous sur les joies de l'amitié et songeons à jeter dans cette âme découragée avec l'image d'une délicieuse jeune fille, quelques rayons de ce beau soleil, auquel rien ne résiste et qui s'appelle l'Amour... Voyons... comment dresser mes batteries.

SCÈNE III

LA COMTESSE, GUSTAVE *assis.*

LA COMTESSE, *sans apercevoir Gustave, ouvrant doucement la porte.*

Enfin ! J'ai cru que madame de Ris et sa fille ne me quitteraient pas... point de lumière... (*ôtant son châle et son chapeau*). Oh! mon pauvre cœur! comme il bat! j'étais folle d'aller songer qu'il me trompait, car enfin il m'aime encore, oh! oui... j'en suis sûre...Folies que tous ces pressentiments!... Il me semblait que j'étais fatalement poussée à venir ici, ce soir, chercher la preuve d'une infidélité, ou d'une séparation, et pendant que je souffrais, que je me désolais, il était ici... songeant peut-être à moi?... peut-être lui manquais-je? (*Apercevant Gustave qu'elle prend pour Max*). Ah! il est là... (*Se penchant sur le visage de Gustave*). Je n'y résiste plus... (*Elle l'embrasse*).

GUSTAVE.

Ah! quelle douce vision!... Je rêvais d'un baiser d'ange.

LA COMTESSE, *jetant un cri.*

Ah!

GUSTAVE.

Oh! mon ange a parlé...

SCÈNE IV

Les Mêmes, MAX.

MAX, *apportant de la lumière et son manuscrit qu'il jette sur un meuble.*

Qu'y a-t-il donc? (*Apercevant la comtesse*). Vous ici, madame?

LA COMTESSE, *tout agitée regardant Gustave avec anxiété.*

Ah! mes pressentiments ne m'avaient pas trompée. (*A Gustave d'une voix brève*). Je ne vous ai jamais vu, monsieur, mais je vous connais... vous êtes monsieur Gustave Lefort.

GUSTAVE, *à part.*

Mon ange était une femme (*Haut*). Cela ne m'étonne pas, madame, j'ai un de ces heureux visages qu'on reconnaît sans les avoir jamais vus.

MAX, *à Gustave.*

C'est Edmée...

GUSTAVE, *bas à Max.*

Je m'en doute bien, (*A part*). Elle sera venue par la

fenêtre... Ces Italiennes, comme les Espagnoles ont une telle habitude du balcon.

MAX.

Je comprends...vous avez pris Gustave pour moi et vous avez?...

LA COMTESSE, *toute honteuse.*

Et j'ai...

GUSTAVE.

Et vous avez eu peur madame, et regretté sans doute un baiser qui ne m'était pas destiné.

LA COMTESSE, *avec pudeur.*

Monsieur.

GUSTAVE.

Mais tenez, pour ne m'en plus souvenir, je le rends à Max dans cette poignée de main.

MAX.

Permettez, madame, que je vous présente, le meilleur, mais de beaucoup le meilleur de mes amis. (*Gustave et la comtesse se saluent*).

LA COMTESSE, *avec résolution.*

Puisqu'aussi bien le hasard nous a ce soir placés tous trois dans une position si étrange, à vous monsieur Gustave Lefort, le seul des amis de Max que je redoute et que j'estime... laissez-moi vous dire..

GUSTAVE, *l'interrompant.*

Il ne faut pas, madame, que cette circonstance vous oblige à aucune confidence.

LA COMTESSE, *en indiquant des sièges.*

Veuillez m'écouter, je vous prie, monsieur... Italienne, appartenant à une famille noble et opulente, j'épousai il y a quelques années le comte d'Aléna... Différents d'âge et par conséquent de goûts, nous vécûmes quatre ans dans une union froide mais assez heureuse pour que je ne songeasse pas à trahir mes devoirs... Mon mari ayant été chargé d'une mission importante par le gouvernement italien, fut obligé de venir en France. Je l'accompagnai à Paris et une nuit que par un brouillard affreux, nous revenions d'un grand bal, notre cocher s'égara. Il s'arrêta un moment pour s'orienter, quand des misérables se précipitèrent à notre portière... instinctivement j'appelai « au secours. » Aussitôt, je vis s'élancer un jeune homme qui nous cria « : *Courage, défendez-vous* »... Alors j'entendis le bruit d'une arme à feu... et je m'évanouis.

GUSTAVE.

Et ce jeune homme?

LA COMTESSE.

Des passants attirés par mes cris avaient apporté de la lumière et quand je revins à moi, j'aperçus notre sauveur baigné dans son sang.

MAX.

Plus tard, madame, ce récit vous fatigue.

LA COMTESSE.

Et comme il n'avait rien sur lui qui indiquât sa demeure, nous l'emmenâmes dans cet état, jusqu'à notre hôtel... Là, il ne donna signe de vie que pour tomber dans le délire. (*Avec chaleur.*) Une belle jeune fille ne vous a jamais sauvé la vie en se dévouant, monsieur?

GUSTAVE, *d'un air d'amertume comique.*

Non madame, mais en revanche, j'en ai connu une qui a failli me faire perdre la mienne en ne se dévouant pas.

LA COMTESSE.

Je vous plains, alors, et vous ne pouvez comprendre avec quel bonheur, quelle sollicitude jalouse, nous soignâmes celui qui nous avait défendus... Quand, guéri il partit pour sa demeure, n'ayant rien voulu de nous, pas même notre protection, il emportait mon cœur, qui n'avait pas payé sa dette... Mon mari étant retourné seul en Italie, je le revis; il me dit un jour qu'il m'aimait; moi, je l'adorais déjà depuis longtemps à son insu, et depuis cette époque, l'épouse infidèle est devenue une trop fidèle amante, ennuyeuse, terrible, jalouse de tous ceux qui l'approchent... N'est-ce pas Max que c'est un fardeau que mon amour?

MAX.

Edmée!... Que dites-vous?

LA COMTESSE.

Oh! je le sais... mais je ne puis me changer et j'ai la certitude que le jour où j'arracherais ton image de mon cœur, j'en arracherais aussi la vie... (*Se tournant vers Gustave.*) Voilà l'histoire de notre liaison, monsieur, blâmez-la si vous l'osez... Maiz croyez-moi, il eût fallu être une sainte pour résister et je n'étais qu'une pauvre femme bien éprise.

GUSTAVE, *serrant la main de Max.*

Mon ami a fait là une noble action, madame ; seulement il eût mieux valu pour vous deux qu'il ne la gâtat pas par une mauvaise.

MAX.

Gustave?

GUSTAVE.

Quant à vous, madame, ce n'est pas à moi de vous juger ; je ne puis que vous plaindre.

LA COMTESSE.

Merci, monsieur.

GUSTAVE.

Vous n'avez pas pris le chemin du bonheur, madame.

LA COMTESSE.

Si fait, monsieur, si fait, j'en ai plein le cœur et je ne demande au ciel qu'une chose, c'est qu'il y reste.

GUSTAVE.

Demandez plutôt à l'automne de n'être pas suivi de l'hiver.

LA COMTESSE.

Le cœur n'a pas de saison, monsieur.

GUSTAVE.

Il les a toutes, madame, et ce qui les distingue, c'est que les froides sont de beaucoup les plus longues et les plus douloureuses.

LA COMTESSE.

Ah ! tenez, monsieur, arrêtez-vous, vous me glacez.

MAX.

Ton amitié te rend cruel, Gustave.

GUSTAVE.

Non, courageux... Croyez-moi, madame la comtesse, quand la foudre est trop forte aux cieux, il faut désirer qu'elle éclate... avez-vous du courage?

LA COMTESSE.

Qu'allez-vous donc me dire, mon Dieu?

GUSTAVE, *hésitant et étudiant sa pensée.*

Le comte votre mari est jaloux, sans doute. Vous êtes Italienne....N'avez-vous jamais songé au sort de Françoise de Rimini?

LA COMTESSE, *presque avec joie.*

Ah! monsieur, le stylet qui clouerait ma poitrine à celle de Max, ne me serait pas douloureux.

GUSTAVE.

Il n'apporte pas que la mort, madame, mais le déshonneur.

LA COMTESSE.

Il n'est pas généreux de me le rappeler, Mais tenez? vous n'avez pas achevé votre pensée... Ce n'est pas cela que vous vouliez dire... Achevez donc monsieur... Achevez donc?

GUSTAVE.

Eh bien!

MAX (*bas et vivement à Gustave.*)

Tais-toi... te dis-je... tais-toi...

LA COMTESSE *à Gustave.*

J'attends monsieur.

GUSTAVE.

Eh bien, madame : « Il faut vous séparer. »

LA COMTESSE (*Prenant vivement la main de Max.*)

Nous séparer? (*Regardant Gustave.*) Et pourquoi?

GUSTAVE.

Parce que...

MAX *à Gustave.*

Un mot de plus, Gustave, et j'oublie que tu es mon ami,

GUSTAVE.

Cœur versatile va! ne m'as-tu pas dit...

MAX.

Quoi? Quoi?

LA COMTESSE.

Contiuuez, monsieur, contiuez... Ah! vous ne savez pas donner un coup de poignard !

GUSTAVE.

Vous m'avez compris, Madame, il ne vous aime plus.

MAX, *vivement.*

Oh! Gustave!

LA COMTESSE

Ah! j'avais bien raison de redouter votre influence sur son esprit et votre présence ici, sans que j'en fusse instruite, me prouve combien déjà vous en avez abusé pour m'arracher de son cœur... Eh bien ! je vous demande grâce pour quelque temps encore, laissez-moi m'accoutumer à l'idée d'une séparation... Je vous promets de faire un effort surhumain pour oublier, si c'est au-dessus de mes forces, je vous le dirai... Alors, nous nous disputerons le cœur de mon amant, vous! pour le jeter aux pieds d'une femme qui peut-être le méprisera, et moi! pour tâcher de me le rattacher (*Faiblissant et tombant sur un siège.*) Mais de grâce, Monsieur, une trêve... Je crains déjà qu'il ne m'aime plus.

MAX, *avec passion.*

Chère Edmée, moi! ne plus t'aimer! est-ce possible?

GUSTAVE.

Pardonne-moi, mon ami, je suis cruel, je vous torture tous les deux, mais un chirurgien doit porter le fer rouge dans la plaie sans trembler (*il sort.*)

SCÈNE V

LA COMTESSE, MAX.

MAX, *regardant du côté où Gustave est sorti.*

O ami implacable !... Tout à la fois cœur d'or et de rocher... (*A la comtesse.*) Chère Edmée, reconnais Max qui t'aime, qui ne veut pas te quitter...

LA COMTESSE.

Parle, parle encore... Oh ! c'est bien là, ta douce joie des premiers jours de notre tendresse... Comme elle va droit à mon cœur ! (*Le regardant dans les yeux.*) Mais qu'est-ce que cela lui fait donc à ton ami que je t'aime.

MAX.

Mais rien Edmée, tu l'as mal compris... tu te trompes...

LA COMTESSE.

Oh ! non, je devine, je le sens... Cet homme veut nous désunir.

MAX, *avec douceur.*

Voyons ! calme-toi et dis-moi plutôt ce qui t'a poussé à revenir si précipitamment de la campagne à une pareille heure ! toi à qui cela n'arrive jamais !

LA COMTESSE.

Il me semblait que tu me trompais?

MAX.

Vilaine jalouse !...

LA COMTESSE.

Et puis je voulais te dire que je ne veux pas suivre le comte en Italie.

MAX.

Il t'a donc écrit?

LA COMTESSE.

Mieux que cela, il est en route pour me ramener.

MAX.

Ah!...

LA COMTESSE.

Je croyais t'apporter des peines... et je t'apporte de la joie peut-être?

MAX.

Oh! peux-tu le penser.

LA COMTESSE, *fixant Max.*

Si le Comte exigeait absolument mon départ... Que ferais-tu?

MAX.

Je ferais...

LA COMTESSE.

Quoi?

MAX.

Tout au monde pour te suivre...

LA COMTESSE.

Ah! la bonne parole!... Je ne crois plus ton ami, vois-tu... car tu m'aimes n'est-pas?

MAX, *refroidi.*

Sans doute...

LA COMTESSE.

Ainsi quoiqu'il arrive, nous ne nous quittons plus?

MAX.

Plus jamais.

LA COMTESSE.

Je t'emmène dans mon beau pays (*Regardant la pendule*). Deux heures du matin, déjà... Ah! je m'explique alors la fatigue que j'éprouve; au revoir, je vais rejoindre ma voiture.

MAX.

Ponrquoi ne pas te reposer un instant?

LA COMTESSE.

Ma présence chez toi à une pareille heure est déjà sans excuse.

MAX.

Qui la connaîtra? Allons repose-toi quelques instants dans mon cabinet de travail, tandis que moi, ici, je vais écrire...

LA COMTESSE.

A qui?

MAX.

A un de mes amis à qui j'ai promis un plaidoyer en faveur du divorce.

LA COMTESSE.

Toi?

MAX.

Oui... je veux essayer mes forces sur ce sujet.

LA COMTESSE.

Ah! si mes désirs pouvaient compter comme arguments dans ton discours, tu aurais un plaidoyer bien éloquent.

MAX, *cherchant à sourire.*

Je tâcherai que ma cliente soit contente de son avocat. (*Elle sort à droite*).

SCÈNE VI

MAX, *seul, demeure un moment vers la porte par où elle vient de sortir.*

Pauvre Edmée!... Oh! je ne mérite pas l'affection dont tu m'accables... quel homme suis-je donc devenu!... l'amour et l'amitié, les plus nobles sentiments dont on puisse s'enorgueillir, je les inspire, et indigne de l'un et de l'autre, je n'y puis répondre que par l'indifférence et le dédain. Allons!... le dernier lien qui me rattachait à la vie, je vais le briser et malgré ma promesse faite à Gustave, je veux en finir... écrivons... « Chère Edmée... Gustave que tu hais, est cependant le plus noble des hommes et le meilleur des amis; ignorant que je te connusse, il est accouru d'Italie pour me consoler... et quelques instants avant que tu ne vinsses ce soir, me croyant sans liaison aucune, il me pressait de prendre une femme ou une maîtresse libre d'elle-même, espérant sans doute relever mon courage par l'appât d'une affection nouvelle... mais je n'ai plus de cœur Edmée, puisque je ne t'aime plus... tu vois bien que tu ne dois pas le haïr... Adieu, dans quelques jours, le poison m'aura séparé de toi pour jamais! Si au milieu de tes douleurs tu étais tentée de me maudire, souviens-toi des premières délices de notre amour pour me pardonner... » Pauvre femme, sa sécurité me fait mal... un instant, quand j'ai vu Gustave l'accabler et que je l'ai vue s'évanouir, j'ai cru ressentir en moi comme un retour de tendresse... je me réjouissais déjà... mais non; les cœurs éteints sont comme les cadavres qui ne donnent plus à la terre que des feux-follets... (*Il plie et cachette la lettre.*) Demain Gustave sera content de moi... C'est étrange, comme je me sens accablé... Les émotions au lieu de me tenir en éveil, m'anéantissent. Le sommeil me gagne... (*Il s'étend sur un canapé.*) Autrefois le chagrin empêchait mon repos... maintenant on dirait qu'il m'en procure... c'est que mon âme est bien morte...

SCÈNE VII

LA COMTESSE, MAX, *endormi.*

LA COMTESSE, *s'approchant doucement, à voix basse.*

Quelle folie de se fatiguer au point de tomber de sommeil! Que j'ai bien fait de venir ce soir, au moins, je connais le danger qui me menace... ah! monsieur Gustave Lefort... je suis Italienne, et si je n'ai ni la finesse ni l'astuce des femmes de mon pays, j'en ai toute l'ardeur et toute la volonté, je lutterai de toutes mes forces pour conserver l'homme que j'aime (*avec exaltation*) et pour ne pas le perdre, je crois que je commettrais un crime... malheur à vous si vous tentiez de me l'enlever... terrible passion que l'amour! je ne sais pas si ce que j'éprouve n'est pas plutôt une peine de l'Enfer qu'une joie du Paradis et pourtant je ne voudrais pas ne point aimer (*Revenant s'agenouiller près de Max.*) J'ai commis une faute et je ne le regrette pas, bien que j'en connaisse toute l'étendue et, si à cette heure tu avais besoin de ma vie pour être heureux, je n'hésiterais pas un instant... ah! mais pas pour te céder à une autre femme... je n'en aurais pas la force... mais pourquoi donc tant de crainte; ne vient-il pas de me dire qu'il m'aime? s'il en est ainsi ne puis-je pas tout braver? oh! que je voudrais m'assurer de sa fidélité!... voyons ce plaidoyer... tiens! une lettre à mon adresse...(*En tremblant*). Que peut-il me dire? Pourquoi m'écrire quand je suis là?... Oh! j'ai peur... mon Dieu, j'ai peur... allons, me voici encore folle! peut-être me donne-t-il quelques explications sur l'arrivée de son ami? Un caprice, un enfantillage, que sais-je moi? (*Elle décachette brusquement la lettre et après avoir lu les premières lignes. elle s'écrie avec joie.*) Ah! j'avais bien deviné, il est question de M. Gustave, poursuivons... (*A mesure qu'elle lit, comme chancelante*) Il ne m'aime plus! et c'est lui qui me l'écrit... mais mes yeux me trompent... (*Relisant encore.*) O mon Dieu! donnez-moi du courage... Il ne m'aime plus et veut s'empoisonner (*Avec égarement*) du poison? Mais où? (*Elle aperçoit un petit meuble entr'ouvert et contenant des flacons*) Ah! je me rappelle... (*Elle se précipite sur le meuble et après un moment de silence*)... Je veux bien mourir, moi!... mais je ne veux pas qu'il meure, (*Se tournant vers Max, toujours endormi*). Adieu, Max, la Providence, n'a pas voulu que l'épouse parjure fût une heureuse amante, et le plus grand châtiment qu'elle pouvait infliger à mon pauvre cœur, était bien de me donner la preuve que j'avais perdu ta tendresse... Oh! elle connaît bien le côté le plus douloureux de notre âme et ne se trompe pas quand elle veut châtier... (*Sortant à reculons, d'une voix remplie de larmes*) Adieu Max, dors... et puisque tu ne m'aimes plus, pour la dernière fois... adieu!...

ACTE DEUXIÈME

Le théâtre représente un salon richement orné, portes au fond, portes latérales, à la droite du théâtre on voit le portrait de Volcy recouvert d'une gaze.

SCÈNE PREMIÈRE

FLORE, GERMAIN.

FLORE, *étendue dans une bergère, à Germain qui vient de faire tomber un objet à terre.*

Bien réussie !... la bonbonnière de Madame.

GERMAIN.

Que voulez-vous, ce qui est fait, est fait.

FLORE.

Voyons votre chef-d'œuvre ?

GERMAIN, *lui tendant la bonbonnière.*

Il faut du sang-froid.

FLORE.

Le couvercle est brisé... Bast ! on le fera raccommoder sans rien dire.

GERMAIN.

Ça ira mieux une autre fois.

FLORE, *tendant les mains à Germain qui la relève.*

Aidez-moi a me lever, Monsieur le sentencieux.

GERMAIN.

Paresseuse.

FLORE, *promenant ses doigts sur le front de Germain*

Quel front prédestiné !... (*Riant.*) Ah ! ah ! ah ! que vous seriez donc drôle si vous étiez marié.

GERMAIN.

Jamais!

FLORE.

Avec moi.

GERMAIN.

Encore bien moins.

FLORE.

C'est ce que nous verrons, beau guerrier.

GERMAIN.

C'est tout vu, je n'aime que mon général et les siens.

FLORE.

Aussi l'on vous gâte vous! Après tout, je n'en suis pas jalouse... Dame!... Ecoutez donc, quand on a suivi son capitaine pendant vingt ans à la guerre de Crimée, d'Italie et du Mexique, qu'on est resté au service du même maître, devenu général en retraite, sans jamais avoir voulu accepter de lui, ni grade ni position, de peur de perdre sa place de brosseur, on mérite bien des égards, et Monsieur fait bien de vous marquer sa confiance... Ah ça, quand revient-il de Tours où il est allé pour un procès.

GERMAIN.

Je ne sais pas.

FLORE.

Discret.

GERMAIN.

Curieuse...

FLORE.

Heureusement que j'en sais plus long que vous... Monsieur arrive dans huit jours...

GERMAIN.

Vraiment?

FLORE.

Et au bas de la lettre qui annonce son retour, il y a un Post-Scriptum qui vous regarde.

GERMAIN.

Ah! Et qu'est-ce qu'il dit le Post-Scriptum?

FLORE.

Vous êtes bien curieux... Il dit :... Ce qui est fait est fait.

GERMAIN.

Je n'aime pas qu'on me plaisante.

FLORE.

Et qu'il faut du sang-froid.

GERMAIN.

Flore?

FLORE.

Oui! et que « ça ira mieux une autre fois. »

GERMAIN.

Allez au Diable!

FLORE.

Allons... Je ne veux pas vous faire languir... Il dit: Donnez-moi des nouvelles de mon bon et vieux Germain.

GERMAIN.

Etes-vous bien sûre que mon général?...

FLORE.

C'est Mademoiselle, qui m'a montré la lettre...mais, allez-vous en, vous me gênez pour achever le salon.

GERMAIN, *revenant sur ses pas.*

Mademoiselle Flore, vous savez que je ne vous hais pas tant que... si... que... une union légitime.

FLORE, *riant à part.*

Je le savais bien qu'il m'aime. (*Haut.*) En voilà une phrase embrouillée... heureusement que je le devine.

GERMAIN.

Ça ira mieux une autre fois.

FLORE, *le poussant dehors.*

Je l'espère... vite, j'entends la voix de Madame... partons. (*Elle sort la première.*)

GERMAIN, *se retournrnt, à part.*

Elle est très piquante cette petite luronne! mais pourquoi tâte-t-elle toujours mon front? (*Il sort.*)

SCÈNE II

MADAME DE RIS, VOLCY.

MADAME DE RIS.

Que je suis donc contrariée... hier, dans le jardin des Tuileries, j'ai perdu ma broche... ton portrait.

VOLCY.

Peut-être la retrouverons-nous au pied de notre arbre favori, où depuis le départ de papa nous allons chaque jour nous asseoir.

MADAME DE RIS.

J'ai envoyé demander au gardien s'il ne l'avait pas trouvée.

VOLCY.

Comme tu as l'air triste mère? J'espère que ce n'est pas la perte de cette broche, de mon portrait, qui...

MADAME DE RIS.

Non, mais je songe que quelqu'un va bientôt te demander de l'aimer plus que tu ne m'aimes. Les prévenances, les assiduités de M. le comte de Mauléon, deviennent de jour en jour plus pressantes... D'ailleurs tu t'en es bien aperçue.

VOLCY.

Mais, maman, il serait difficile qu'il en fût autrement depuis six mois qu'il me fait une cour intermittente... il y a mis le temps.

MADAME DE RIS.

Eh bien !... Du reste, se sera une union fort belle que la vôtre et si ton père est de mon avis nous te ferons comtesse aussitôt son retour.

VOLCY.

Écoute, chère mère, j'avoue que M. de Mauléon est bien comme homme, mais si l'affection que je ressens pour lui, doit comme tu le dis, surpasser celle que je vous porte à toi et à mon père, oh ! il faudra qu'elle grandisse beaucoup encore, car je ne peux pas les comparer. (*Elle se jette dans les bras de sa mère et toutes deux s'embrassent en pleurant.*)

MADAME DE RIS, *essuyant ses larmes.*

J'ai tort de craindre... le comte de Mauléon sera un mari presque parfait...

VOLCY.

Je veux l'espérer du moins.

MADAME DE RIS.

Ah! je ne lui pardonnerais pas une de tes larmes.

VOLCY.

Tiens, chère mère, attendons encore, rien ne m'oblige à me marier; je suis si heureuse avec vous!

MADAME DE RIS.

Tu es le seul enfant que la Providence nous a donné, au bout de cinq années de mariage, alors que nous désespérions d'avoir quelqu'un à chérir. (*Avec émotion.*) Aussi, en égoïstes, nous ne voudrions pas te quitter.

VOLCY, *joyeusement.*

C'est convenu, nous remettons mon mariage à l'année prochaine.

GERMAIN, *annonçant.*

Monsieur le comte Eugène de Mauléon.

MADAME DE RIS.

Ah! voici une visite qui va peut-être modifier cette fière résolution.

SCÈNE III

LES MÊMES; LE COMTE.

LE COMTE.

Il est de bien bonne heure, Mesdames, pour oser venir vous présenter mes hommages.

MADAME DE RIS.

Sommes-nous donc si cérémonieuses, Comte?... nous parlions de vous.

LE COMTE.

Etiez-vous bien sévère à mon égard, Mesdames?

MADAME DE RIS.

Jugez-en... je disais à Volcy que vous êtes un cavalier presque parfait.

LE COMTE.

Presque... j'aurais autant aimé plus que..,

MADAME DE RIS.

Vous êtes trop exigeant, Comte, et puis, plus que parfait c'est trop beau pour un homme, allez.

LE COMTE.

Pensez-vous, Madame?

MADAME DE RIS.

Oui, il y a si longtemps que nous autres femmes, nous vous aimons avec des défauts, que nous serions peut-être bien embarrassées de vous trouver ornés de tant de qualités.

LE COMTE.

Après tout, le compliment même avec son adverbe, si je dois le prendre à la lettre, est encore bien à bout portant.

MADAME DE RIS.

Prenez-le hardiment, comme je vous l'offre, on ne meurt pas d'un compliment quelque rude qu'il soit.

LE COMTE, *avec fatuité*.

Vous le voyez, je le supporte à merveille.

VOLCY.

N'en prenez pas trop de vanité toutefois, Monsieur, vous savez qu'on en meurt.

LE COMTE.

Oh! je connais mon Lafontaine, Mademoiselle, je ne me gonflerais pas au point de faire comme la grenouille.

MADAME DE RIS.

Ce n'est pas tout : je disais à Volcy, que je plaignais la mère à qui vous demanderez la fille en mariage.

LE COMTE.

Mais Madame, vous la connaissez, cette mère.

MADAME DE RIS.

Peut-être bien ; aussi est-ce pour cela que je la plaignais doublement.

LE COMTE.

Et pourquoi ?

MADAME DE RIS.

Parce que vous vous ferez bientôt aimer de son ingrate fille de telle sorte qu'elle en oubliera sa mère.

LE COMTE.

Oh ! Madame ! Chercher à me faire aimer à ce point !... Ce serait trop tyrannique et surtout trop bourgeois !...

MADAME DE RIS.

Allons, vous me laisserez un tout petit coin dans son cœur.

LE COMTE.

Pourrais-je connaître l'avis de mademoiselle Volcy à ce sujet.

VOLCY.

En ce qui me concerne, Monsieur, je ne sais pas si j'aimerai mon mari... bourgeoisement, mais ce dont je suis certaine, c'est que je ne l'aimerai jamais à ce point d'oublier ma mère, et un fiancé qui jalouserait ma tendresse pour mes parents, n'arriverait même pas jusqu'à mon cœur.

LE COMTE.

Aussi j'espère bien lui avoir rendu déjà visite à ce cœur.

VOLCY, *embarrassée.*

Ah ! monsieur...

MADAME DE RIS.

On ne touche pas à ces questions-là, Comte, çà brûle.

LE COMTE.

Tenez Mademoiselle, il me semble que je ferai un exellent mari.

VOLCY.

Ah!

LE COMTE.

Oui... d'abord m'étant résolu à n'épouser qu'une jeune fille noble, je suis sûr que ses qualités développeront les miennes.

MADAME DE RIS.

C'est alors que vous serez plus que parfait.

LE COMTE.

Je n'eusse jamais fait comme mon oncle, le duc de Mauléon, qui a épousé, pour ajouter deux millions de plus à sa fortune, la fille d'un énorme marchand de laine de la Beauce.

MADAME DE RIS.

En effet, madame la Duchesse était de naissance obscure.

LE COMTE.

Trop éclatante plutôt... Mademoiselle Brigitte Ribrion!... Quel beau nom pour orner une généalogie.

VOLCY.

S'ils s'aimaient, monsieur.

LE COMTE.

Hélas Mademoiselle, quel amour! Dieu en a bien puni le duc... il ne tarda pas à s'apercevoir que sa femme... mais elle fut ma tante... elle mourut jeune et sans enfants. Aussi, je ne vois jamais une seule fois mon vieil oncle, qu'il ne m'éloigne de ces sortes de mésalliances et il n'a pas de peine, car j'en ai un tel dégoût que lorsqu'après mon père, j'hériterai de son titre de duc et de sa fortune, il me semblera que ses écus sentent encore le graillon.

MADAME DE RIS.

Quelle sévérité! vous tenez donc bien à votre blason, Comte?

LE COMTE.

Comme à ma vie.

MADAME DE RIS.

Vous n'êtes pas de notre siècle, Monsieur, car il y a dans

le faubourg St-Germain, bon nombre de nobles qui n'ont pas trouvé d'odeur aux millions des filles du peuple.

LE COMTE.

Noblesse oblige, Madame, c'est un vieil adage que tout le monde répète sans en comprendre l'esprit, et c'est mon sentiment, qu'à l'époque où nous sommes où l'on se rit de tout, où le dernier des manœuvres se croit l'égal d'un gentilhomme, parce qu'il est électeur et peut devenir un jour député, que les gens bien nés doivent doublement tenir à l'orgueil de leur sang, et plutôt que se mésallier, il vaudrait mieux étreindre son cœur dans ses mains, si d'ailleurs il était possible à un homme de naissance, d'aller aimer autre part que dans sa sphère.

MADAME DE RIS, *à part.*

Il a bien de l'orgueil pour ma pauvre Volcy.

VOLCY.

Ainsi, Monsieur, si je n'étais pas née noble vous ne m'eussiez point recherchée en mariage.

LE COMTE.

Vous ne pouviez pas naître différemment, Mademoiselle,

VOLCY.

Noblesse récente Monsieur le comte, ne l'oubliez pas.

LE COMTE.

Elles ne peuvent pas toutes descendre de Saint-Louis... C'est toujours de la noblesse, et d'épée encore, et puis il convient que le titre le plus élevé soit apporté par le mari.

VOLCY.

Enfin, Monsieur, continueriez-vous vos assiduités si je n'étais pas née noble.

LE COMTE.

Vous l'êtes, Mademoiselle et de toutes façons.

VOLCY.

Ce n'est pas un compliment que je vous demande, répondez, je vous prie?

LE COMTE.

Ne nous créons pas à plaisir des difficultés à vaincre, je vous en conjure.

VOLCY, *d'un air sérieux.*

C'est là votre réponse?

LE COMTE, *après un moment de silence.*

Ma réponse, Mademoiselle, puisque vous l'exigez, c'est que je suis bien heureux que vous vous nommiez Mademoiselle de Ris; tout autre serait plus ou moins polie, mais elle serait moins sincère.

VOLCY.

Je la méditerai, Monsieur le comte.

LE COMTE.

Je vous laisse, Mesdames, pour faire une visite à mon oncle, car bien que je l'aie toujours blâmé de son mariage, celà n'empêche pas de l'aimer.

MADAME DE RIS.

Il faut bien lui faire un doigt de cour. (*Souriant.*) Ne fût-ce que pour son titre de duc.

LE COMTE, *de même.*

Sans doute.

VOLCY, *avec malice.*

Pas un petit peu pour les deux millions d'écus graillonnés?

LE COMTE.

Oh! non... Je vous assure... (*A Volcy.*) Me permettrez-vous de revenir vers quatre heures, belle patricienne.

VOLCY.

Soit: mais vous me retrouverez encore plébéienne, monsieur de Mauléon.

LE COMTE.

Vous y tenez?

VOLCY.

Comme à ma vie!

LE COMTE.

De l'ironie, allons!

VOLCY.

Non, mais j'entends prendre un mari qui m'aime pour moi-même et non pour mes aïeux.

LE COMTE.

Je pourrais riposter.

VOLCY.

Voyons cette riposte?

LE COMTE.

Si j'étais poète, je vous dirais :

« Que puis-je aimer en vous
« Volcy, si ce n'est vous. »

VOLCY.

La réponse, même en vers est trop tardive.

LE COMTE.

Ah! je vous rallierai bientôt à mes idées.

VOLCY.

Je ne crois pas.

MADAME DE RIS.

Voulez-vous bien cesser cette querelle.

LE COMTE.

Je prendrai ma revanche...

VOLCY.

Vous perdrez encore, Monsieur le comte.

LE COMTE.

Nous verrons bien... au revoir Mesdames.

MADAME DE RIS.

A bientôt.

SCÈNE IV

MADAME DE RIS, VOLCY, *puis* GERMAIN.

MADAME DE RIS, *à Volcy devenue rêveuse.*

Vois-tu comme il est empressé... il va revenir... à quoi songes-tu donc ?

VOLCY.

Qu'il ne m'aime pas, mère.

MADAME DE RIS.

Mais si, mon enfant, seulement son seul défaut est d'être un peu fier de sa noblesse.

VOLCY.

Trop, tu veux dire, car il l'a en telle odeur, que dans sa maison, excep téles domestiques : choses, hommes, animaux, tout est noble. Les meubles viennent de quelques princes, les chevaux tous pur sang ont leur acte de naissance parfaitement légalisé et pour parrains, de nobles lords anglais. Les chiens remontent aux meutes du Grand-Roi, le dernier des quadrupèdes de sa maison descend des écuries du roi Dagobert, et je ne répondrais pas que le plus malingre des coqs de sa basse-cour, ne se croie un des petits-fils du coq Gaulois.

MADAME DE RIS, *riant.*

Te tairas-tu, démon ?.. Tout cela n'empêche pas qu'il ne t'aime.

VOLCY.

Je ne pense pas... et puis, tiens mère, sa réponse m'a fait si peu de mal que je ne crois pas moi-même l'aimer beaucoup. (*Gaiement.*) Aussi c'est bien entendu, mon mariage est remis aux Calendes Grecques.

MADAME DE RIS.

Si je te prenais au mot !

VOLCY.

Tu me ferais plaisir. ..Allons faire nos emplettes...tu sais que je veux être belle pour l'arrivée de mon père...

MADAME DE RIS.

Partons, je veux bien, (*A part*). Elle veut être revenue pour le retour du comte.

GERMAIN.

Il y a là un jeune homme qui demande si madame est visible.

MADAME DE RIS.

Son nom?

GERMAIN.

Madame, voici sa carte.

VOLCY, *lisant la carte.*

« Monsieur Max Derville, licencié en droit, 28, rue de l'Université. »

MADAME DE RIS.

Ce nom m'est inconnu; que peut me vouloir ce monsieur?

VOLCY.

C'est peut-être un envoyé de mon père?

MADAME DE RIS.

Fais entrer, Germain.

GERMAIN, *regardant Max en sortant et à part.*

Où diable ai-je vu cette figure-là.

SCÈNE V

MAX, MADAME DE RIS, VOLCY.

MADAME DE RIS.

Monsieur?

MAX.

Ce que j'ai à vous dire, madame, est si étrange que je ne sais réellement pas par où commencer.

MADAME DE RIS.

Cependant, monsieur.

MAX.

Avant tout, madame permettez-moi de vous demande

si M. Gustave Lefort, richissime propriétaire en Touraine a l'honneur d'être connu de vous.

MADAME DE RIS.

Pas plus que je n'ai l'honneur de vous connaître, monsieur.

MAX, *résolument.*

En deux mots alors, madame, voici ce qui m'amène. Pour des raisons toutes morales, dont il est inutile que je vous instruise, j'ai résolu de me tuer. (*Mouvement de madame de Ris et de Volcy.*) Mais le meilleur de mes amis, M. Gustave Lefort, m'a fait jurer de me mettre mon projet à exécution, qu'après avoir essayé d'un moyen héroïque, qui d'après lui, doit infailliblement me rattacher à la vie... Ce moyen c'est le mariage.

MADAME DE RIS.

Mais, Monsieur, cela ne peut pas expliquer votre présence chez moi, je suppose.

MAX.

Au contraire, madame, mon ami, m'a désigné hier, aux Tuileries, la charmante fiancée, qu'il me destine et que je dois épouser. Cette jeune fille qui tient ma vie entre ses mains c'est...Mademoiselle. (*montrant Volcy*). J'ai promis de faire tout au monde pour lui plaire et je viens dès aujourd'hui, commencer ma cour.

MADAME DE RIS, *sonnant. Bas à Volcy.*

Cet homme me fait peur.

VOLCY, *vivement et bas à sa mère.*

Il est fou... laisse-moi parler à Germain, j'ai mon idée. (*Elle se dirige vers la porte et dit quelques mots à l'oreille de Germain, qui entre en scène.*)

MAX.

Vous allez me faire jeter à la porte, madame?

MADAME DE RIS.

Non, monsieur, mais vous prier de vous retirer.

MAX.

Je vous préviens madame, que j'ai une autre corde à

mon arc pour rentrer... (*A part*). Si Gustave n'est pas content ?

SCÈNE VI

LES MÊMES, GERMAIN.

MADAME DE RIS, *à Germain.*

Le valet de pied est-il dans l'antichambre?

MAX.

On veut du renfort (*à part*).

GERMAIN.

Oui, madame, il vient de me dire que le gardien des Tuileries n'a pas retrouvé la broche de madame.

MAX.

Je le crois bien... C'est moi qui la rapporte.

VOLCY, *bas à Germain qui sort en lui remettant la carte de Max.*

Va vite faire ma commission et reviens de suite.

SCÈNE VII

LES MÊMES, *moins* GERMAIN.

MADAME DE RIS, *à Max.*

Vous dites, monsieur ?

MAX.

Que j'ai trouvé un splendide bijou, orné de perles fines entourant le délicieux portrait de mademoiselle.

VOLCY, *naïvement.*

Il est ressemblant, n'est-ce pas monsieur?

MADAME DE RIS, *d'un ton de reproche.*

Volcy !

MAX, *souriant.*

Très ressemblant, mademoiselle (*A part.*) Oh ! la naïve enfant.

MADAME DE RIS.

J'attends Monsieur, qu'il vous plaise de me rendre cette broche.

MAX.

Un moment, Madame, et ma récompense !

MADAME DE RIS.

C'est juste : je n'y songeais pas, qu'elle récompense demandez-vous, Monsieur ?

MAX.

La plus digne et la plus élevée de toutes.

MADAME DE RIS.

Vons pouvez d'abord compter sur notre reconnaissance.

MAX.

La reconnaissance, c'est bien léger, Madame.

VOLCY *à part*.

Est-ce qu'il voudrait de l'argent, par hasard ?

MADAME DE RIS.

Alors, que faut-il, Monsieur... 500 francs.

MAX.

Ce n'est pas assez, Madame.

MADAME DE RIS.

1000... 2000, parlez ?

MAX.

Bien plus encore, Madame !

MADAME DE RIS.

Fixez la somme, Monsieur.

MAX.

Je n'ose pas.

MADAME DE RIS.

Faut-il aller jusqu'à la valeur réelle du bijou, soit : 5000 fr., vous les aurez.

MAX.

L'or du monde entier ne suffirait pas Madame... vous n'avez qu'un moyen de vous acquitter entièrement avec moi.

MADAME DE RIS.

Lequel ?

MAX.

Je vous rends le portrait de Mademoiselle et vous me donnez en mariage, l'original...

LA COMTESSE.

Vous êtes fou, Monsieur.

MAX.

Je le crains, Madame, car depuis 24 heures que j'ai les yeux fixés sur ce portrait, je ne me reconnais plus... j'étais mélancolique, j'ai l'âme ravie, je voulais mourir, et maintenant je tiens à vivre; en un mot ce portrait m'a tellement bouleversé que si je n'obtiens pas la récompense que je vous demande, j'ai le droit de vous appeler devant un tribunal comme ayant laissé traîner sur la voie publique un portrait dangereux qui m'a fait perdre la raison.

VOLCY, *à part.*

Il est original (*Haut.*) Ainsi, Monsieur, c'est moi seule qui peut vous guérir de vos idées de suicide.

MAX.

Vous l'avez dit Mademoiselle.

MADAME DE RIS.

Oui ou non, Monsieur, voulez-vous me rendre cette broche et vous retirer.

MAX.

Soit, Madame... Mais réfléchissez que si dans 8 jours, je ne suis pas aimé de Mademoiselle... je me fais sauter la cervelle.

MADAME DE RIS.

Cela serait sans doute fâcheux Monsieur, mais je n'ai pas qualité pour vous en empêcher.

VOLCY.

Ah ça, Monsieur, avez-vous sérieusement crû que la première jeune fille qu'on vous désignerait, allait vous épouser ainsi ?

MAX.

Pas moi Mademoiselle, mais mon ami.

VOLCY.

Eh bien, Monsieur, vous n'avez pas eu la main heureuse, ni vous, ni votre ami, car je vais prochainement me marier.

MAX, *d'un ton chagrin.*

Ah ! vous allez vous marier... c'est dommage !

MADAME DE RIS.

Mon Dieu, oui... n'osant pas espérer qu'elle trouverait un épouseur inconnu assez heureux pour s'en faire aimer en huit jours, elle a eu le mauvais goût d'accepter un simple homme du monde, dont l'idée beaucoup moins belle que la vôtre, d'ailleurs, a été de lui faire la cour pendant six mois.

MAX.

Six mois ?

MADAME DE RIS.

Celui dont je nous parle n'ayant pas à sa disposition des galanteries d'aussi bon ton que les vôtres...

MAX.

En voici une à mon adresse.

MADAME DE RIS.

Vous trouvez ?... est venu tout prosaïquement demander ma fille en mariage... Je regrette vraiment de vous dire, que malgré, tout votre mérite et votre procédé... nouveau, vous arrivez trop tard.

MAX.

Raillez-moi sans pitié, Madame, mais je n'ai pas le droi de me décourager.

VOLCY.

Il y a plus d'un quart que ma ma mère attend ce bijou, le rendre ?

MAX.

y résigne, Mademoiselle, car si je

passais une seconde nuit à le contempler je n'aurais pas le courage de mourir.

MADAME DE RIS.

Terminons, Monsieur, je vous prie.

MAX.

Soit, Madame, mais au moins donnez-moi un moyen qui prouve à mon ami que j'ai été battu, et éconduit sans appel.

MADAME DE RIS.

Vous raillez sans doute.

MAX.

Ah! madame, refuse-t-on jamais rien à un condamné?

MADAME DE RIS.

Assurez votre ami, Monsieur, qu'en vous offrant nos remerciements pour le bijou rapporté, nous avons eu l'honneur de vous voir aujourd'hui, pour la première et la dernière fois... et il vous croira.

MAX.

Vous ne voulez rien concéder, Madame, je vous offre une dernière transaction.

MADAME DE RIS.

Finissons-en, Monsieur?

MAX.

Franchement, Madame, le service que je vous rends ne mérite-il pas que j'aie l'honneur de revoir une seconde fois Mademoiselle Volcy?

VOLCY, *vivement.*

Vous savez mon nom?

MAX.

Il est des harmonies si douces qu'on ne saurait les oublier pour une fois qu'on les a entendues.

MADAME DE RIS.

J'ai signé votre congé, Monsieur, et j'attends toujours que vous l'acceptiez.

MAX.

Je suis un locataire formaliste, Madame, je n'accepte jamais le mien que par huissier.

MADAME DE RIS.

Ah! Monsieur, votre insistance.

VOLCY.

Vous le voyez, Monsieur, la bataille est perdue, rendez donc le portrait sans condition, et sortez avec honneur, d'une pauvre équipée.

MAX.

Je le voudrais, Mademoiselle! mais je ne le puis pas; j'ai juré à mon ami de me servir de toutes mes armes pour réussir; le portrait en est la meilleure, et je le garde. Oh! quoique vous en disiez, je ne me considère pas encore comme vaincu.

MADAME DE RIS.

Trouvez-vous votre procédé délicat, Monsieur?

MAX.

Il est de bonne guerre... je sais bien qu'il faut une certaine audace pour rester détenteur d'un bijou d'un si haut prix, mais c'est moi qui l'ai trouvé, il est en sûreté chez moi; je m'en tiens donc à ma dernière proposition; si vous tenez à le ravoir, Mesdames, écrivez-moi; je le rapporterai à Mademoiselle de Ris en venant pour la seconde et dernière fois, lui offrir mon nom... (*s'inclinant*) Adieu, Mesdames; ou... au revoir.

SCÈNE VIII

MADAME DE RIS, VOLCY.

MADAME DE RIS.

L'impertinent!... peut-on s'imaginer qu'on puisse être en butte chez soi à de pareilles témérités.

VOLCY.

Il faut lui pardonner, maman... il parle de mourir, il faut n'imputer son étrange conduite qu'à de profonds chagrins, peut-être a-t-il toujours vécu loin de sa mère.

3.

MADAME DE RIS.

Je te conseille de prendre sa défense!... mais-toi même Volcy, qui vis près de la tienne, tu n'en manques pas moins souvent de convenances... il y a un instant, tes réparties étaient déplacées, et ta jeunesse ne suffit pas à les excuser. Si le comte de Mauléon savait que nous n'avons pas fait reconduire cet épouseur postiche, comme il le méritait, que dirait-il, lui, le véritable épouseur?

VOLCY.

Il pourrait dire tout ce qu'il voudrait, cela m'est bien indifférent. (*Elle regarde la pendule*).

MADAME DE RIS.

Tu lui gardes rancune... mais cela ne t'empêche pas de regarder la pendule.

UN DOMESTIQUE.

Un télégramme pour Madame.

MADAME DE RIS.

Donnez (*Joyeusement*). C'est de ton père.

VOLCY.

Quel bonheur!

MADAME DE RIS, *lisant le télégramme.*

« Procès gagné.. arrive ce soir... apporte 200.000 fr. de plus pour la dot de Volcy... et pour toi, mes vieilles douleurs, fais tout préparer au château pour une fête que je donne demain. »

VOLCY.

Comme c'est joli le style télégraphique!

MADAME DE RIS.

Volcy? sitôt l'arrivée du comte, tu me feras prévenir... je vais faire mettre un peu d'ordre dans le cabinet de ton père, (*A elle-même en sortant*) quant à cet écervelé, je vais le consigner à la porte et le général saura bien lui faire restituer le portrait.

SCÈNE IX

VOLCY, *seule, pensive.*

Il est bien ce jeune homme ! .. malgré ce qu'il y a d'incroyable dans son acte de folie, je ne me sens pas disposée à le haïr... je suis bien impatiente de savoir ce que Germain a recueilli sur son compte... justement le voici...

SCÈNE X

VOLCY, GERMAIN.

VOLCY, *vivement.*

Parle vite Germain... as-tu eu le temps de te renseigner.

GERMAIN.

Oui, Mademoiselle, j'arrive de la rue de l'Université 28, premièrement Mademoiselle ce qui est fait est fait.

VOLCY.

Ah ! fais-moi grâce de tes maximes, voyons, réponds à mes questions... quel est son état ?

GERMAIN.

Avocat... sans cause.

VOLCY.

On ne t'a pas dit qu'il eût perdu l'esprit ?

GERMAIN.

On m'a dit qu'il en avait beaucoup au contraire... mais qu'il était toujours triste.

VOLCY.

Sa famille ?

GERMAIN.

Il est orphelin.

VOLCY.

Ah !... (*à part*). Le pauvre jeune homme !... (*haut*) et sa réputation ?

GERMAIN.

Des meilleures... quant à sa conduite... il paraît qu'autrefois...

VOLCY.

Autrefois?

GERMAIN, *à part.*

Il faut du sang-froid.

VOLCY.

Explique-toi, je le veux.

GERMAIN, *à part.*

C'est que je suis bien embarrasé pour lui dire ça, (*Haut*). Il paraît qu'autrefois, ayant voyagé en Orient... de retour à Paris, il a vécu comme un petit sultan.

VOLCY, *vivement avec pudeur.*

Assez Germain, j'ai eu tort de te charger d'une telle commission.

GERMAIN.

Mais depuis 6 mois, il est converti.

VOLCY.

Assez te dis-je!

GERMAIN.

Mademoiselle veut-elle me permettre une question!

VOLCY.

Parle?

GERMAIN.

Est-ce que ce jeune homme ne se nomme pas aussi Monsieur de Salmont?

VOLCY.

Non, je t'ai remis sa carte... C'est monsieur Derville,... Pourquoi cette question?

GERMAIN.

C'est parce qu'il ressemble à un chirurgien major que mon Général a connu autrefois en Italie.

VOLCY.

Tu te trompes, il est trop jeune pour avoir connu mon père en Italie.

GERMAIN.

C'est juste.., (*A part.*) pourtant... cette ressemblance...

VOLCY.

Laisse-moi Germain. (*Germain sort.*)

SCÈNE XI

VOLCY, *seule, attristée.*

Que je regrette d'avoir blessé ma mère en cherchant à venir en aide à ce jeune homme!... Ah ! elle a raison, je suis folle et mes inconséquences me font presque rougir et pleurer.

SCÈNE XII

MAX, VOLCY.

MAX, *avec gaîté.*

Mademoiselle ?

VOLCY, *vivement avec émotion.*

(*A part.*) Lui !... (*Haut*) mais Monsieur, ne deviez-vous pas attendre que l'on vous écrivît?

MAX, *sans remarquer la tristesse de Volcy.*

J'étais sorti de votre hôtel songeant encore à votre bonté, quand j'ai résolu de vous revoir, et bien m'en a pris, car d'après quelques questions de votre domestique sur mon père... Mais qu'avez-vous Mademoiselle, vous pleurez?

VOLCY.

Moi, Monsieur.

MAX.

Ces larmes mal essuyées dans vos yeux!

VOLCY.

Vous vous trompez, Monsieur.

MAX.

C'est moi qui les ai causées, j'en suis sûr.

VOLCY.

Encore une fois, Monsieur, vous vous trompez, permettez que je m'éloigne.

MAX, *avec émotion.*

Tenez Mademoiselle, avant de me retirer, laissez-moi vous

dire que votre âme est si limpide qu'on y lit malgré vous. Tout-à-l'heure, j'ai bien compris que votre intervention auprès de Madame votre mère n'était qu'un moyen de rendre mon renvoi moins blessant, mais je n'en voulais point abuser et ce soir sans attendre que vous me défendissiez votre porte, je vous eusse écrit en vous renvoyant ce bijou que je rapporte, que vous ne craignissiez plus ma présence, je vous eusse dis l'adieu que je vous dit maintenant de vive voix, vous priant de vous souvenir que j'ai autant de respect que d'admiration pour mademoiselle de Ris, et que mon plus grand regret est de lui avoir fait verser des larmes.

VOLCY.

Est-ce possible, Monsieur, que vous accordiez à ma mère et à moi le respect que nous sommes en droit d'attendre de tous? Si cela était vous fussiez-vous permis de vous présenter deux fois dans notre demeure; dites plutôt que vous vous êtes mépris.

MAX.

Non ! je ne me suis pas mépris Mademoiselle, parce qu'on ne peut pas se méprendre à la noblesse de certains visages.

VOLCY.

Je suis bien jeune, Monsieur, mais j'ai déjà des preuves qu'il ne faut pas juger les gens aux apparences...

MAX.

Que voulez-vous dire?

VOLCY.

Rien, Monsieur, sinon que prenant votre conduite à notre égard comme l'acte d'un homme insensé... j'ai cru devoir...

MAX, *l'interrompant.*

J'ai été coupable... mais je me repens... Si vous saviez combien, depuis que je vous ai vue, vous avez fait de moi un homme nouveau. J'en étais réduit à n'avoir plus de cœur, je ne trouvais plus de tendresse à rendre à ceux qui me témoignaient de l'affection, quand la Providence vous a mise sur mon chemin pour m'inspirer, je ne sais quel sentiment dont je suis fier, car c'est le seul que j'aie jamais éprouvé, qui en me donnant tant de bonheur, me pousse autant vers le bien.

VOLCY, *émue.*

Monsieur... (*Se remettant.*) Mais, allons je suis folle... vous continuez votre rôle d'épouseur. J'ai failli vous prendre au sérieux.

MAX, *avec émotion.*

Ne raillez pas Mademoiselle... Je ne vous connais que depuis un instant... et cependant... je vous aime.

VOLCY.

Vous m'aimez, Monsieur... Ah ! je ne puis le croire... et je ne dois pas écouter plus longtemps l'expression d'un pareil sentiment.

MAX.

Oui, je sais que j'abuse de l'absence de Madame votre mère pour vous faire cette aveu. Mais de grâce, ne fuyez pas encore, et malgré tout le respect que je vous portez laissez-moi au moins vous remercier des seuls moments de joie que votre présence ici me procure... Comme ils seront les derniers de ma vie, je ne les oublierai que pour aller mourir. (*Il va pour sortir.*)

VOLCY.

Mourir ! Arrêtez, Monsieur.

SCÈNE XIII

LES MÊMES, MADAME DE RIS.

MADAME DE RIS.

Vous ici de nouveau, Monsieur, ah ! ce n'est plus de l'inconvenance... C'est de la démence !

MAX.

Madame !

MADAME DE RIS, *regardant sa fille.*

Tu sembles tout émue, Volcy ?

VOLCY.

Oui, la surprise...

MAX.

Oh ! Madame, permettez que je vous explique.

MADAME DE RIS.

Assez Monsieur, vous m'y forcez. (*Elle met la main sur le cordon de la sonnette.*)

VOLCY, *retenant le bras de sa mère.*

Mère! c'est moi qui ai fait appeler Monsieur?

MADAME DE RIS.

Toi! ce n'est pas possible!

VOLCY.

Si, Mère.

MAX.

Non, Madame, non, je ne laisserai pas Mademoiselle porter le poids de ce généreux mensonge.. elle se calomnie, sonnez Madame, et faites-moi chasser, je le mérite, car, seul, sans être appelé, j'ai osé me présenter de nouveau ici.

MADAME DE RIS.

Vous, Monsieur.

MAX.

Deux motifs ont dicté ma résolution... le premier, c'est que je ne tardai pas à me convaincre que ma conduite pouvait me faire suspecter de folie et j'avais hâte d'effacer une si fâcheuse impression. Le second, c'était de vous rendre enfin, et sans condition, cette fois, ce médaillon que je n'aurais pas dû remporter..

MADAME DE RIS.

Acceptez nos remerciements, Monsieur.

MAX.

Ah! je vous le rends à regret ce talisman qui m'a procuré tant de bonheur, car j'aime celle dont il est l'image, comme un ange sauveur... que n'aurais-je pas tenté pour l'obtenir?

MADAME DE RIS,

Comment Monsieur, ma fille que vous connaissez à peine vous aurait inspiré de tels sentiments? c'est impossible!

MAX.

Si, Madame... je vous le jure.

MADAME DE RIS.

Mais à présent que vous m'avez rendu ce médaillon, apprenez-moi, je vous prie, comment il est tombé entre vos mains ?

MAX.

Depuis quelque temps, mon ami et moi, attirés par vos sympathiques visages, nous ne manquons pas de nous trouver dans le jardin des Tuileries à l'heure de votre promenade: hier, comme d'habitude étant allés nous asseoir près de l'arbre que vous veniez de quitter, je vis à terre une broche... mon premier mouvement fut de vous la rendre, mais mon ami s'y opposa, il me contraignit à vous suivre, de loin, jusqu'à votre hôtel; là, il s'informa de votre nom et le lendemain, il me dit : « Tu connais maintenant la demeure d'une jeune fille qui tous les jours te charme davantage, tu as un moyen permis de te présenter chez elle, tu es avocat, d'une famille honoroble, il te reste encore 20,000 fr. de rentes; va, selon nos conventions conquérir la femme que je t'ai choisie, et si au bout de huit jours tu n'as pas réussi, brûle-toi à ton aise une cervelle que cette fois je ne te disputerai pas.

MADAME DE RIS.

Sérieusement, vous avez voulu vous tuer, Monsieur?

MAX.

Très sérieusement Madame,

VOLCY, *naïvement.*

Et maintenant ?

MAX.

Maintenant... cela dépend de Madame votre mère et de vous.

MADAME DE RIS.

Voyons, Monsieur, cette comédie, va-t-elle avoir son dénouement ?

MAX.

J'en vois deux, Madame.

MADAME DE RIS.

Lesquels ?

MAX.

Le premier, un mariage au contentement général.

MADAME DE RIS

Dénouement bien usé.

MAX.

Le second, un coup de pistolet, mais ce serait une fin bien dramatique pour une comédie.

(*Madame de Ris sonne.*)

MAX, *vivement cherchant des yeux son chapeau.*

Ah ! cette fois, Madame, il est inutile...

MADAME DE RIS, *riant.*

Ce n'est pas pour vous, Monsieur... (*au domestique.*) Dites qu'on attèle (*à Max*) et puis, vous êtes homme de ressources ; vous auriez bien encore un second médaillon à rapporter.

MAX.

Malheureusement, non.

MADAME DE RIS.

Adieu, Monsieur, et croyez-moi, ne cherchez plus dans des démarches au moins excentriques, à dépenser un esprit qui pourra vous rendre heureux ailleurs.

MAX.

Ailleurs !... oh ! non !... le bonheur, je le laisse ici... adieu donc... (*Comme il va sortir le Comte entre.*)

SCÈNE XIV

LES MÊMES, LE COMTE.

(*Le Comte s'avance en habitué de la maison, suivi de Flore portant un bouquet de roses blanches qu'elle dépose sur un meuble.*)

MADAME DE RIS, *à part.*

Le Comte ! comment me tirer de là ?

LE COMTE, *apercevant Max, à Madame de Ris.*

Pardon, je n'avais pas vu que vous eussiez quelqu'un.

MADAME DE RIS.

Ah ! oui... (*A Max, présentant le Comte.*) M. le Comte

de Mauléon (*au Comte, présentant Max.*) Monsieur Max (*cherchant son nom.*)

VOLCY, *vivement.*

Derville.

MADAME DE RIS.

Derville, jeune avocat de Tours, qui nous apporte trois bonnes nouvelles... mon mari a gagné son procès... arrive ce soir et donne demain une grande fête au château..

LE COMTE, *à Max.*

Les porteurs de semblables nouvelles sont toujours les bienvenus.

MAX.

Ces dames sont si obligeantes (*A part.*) Je suis sûr que c'est son fiancé.

LE COMTE.

Vous étiez un des avocats du Général, Monsieur ? vous avez gagné là une cause fort disputée.

MAX, *embarrassé.*

Mais, Monsieur...

LE COMTE, *à Madame de Ris.*

Je croyais que le Général avait emmené avec lui, deux de nos célèbres avocats de Paris.

MADAME DE RIS, *très embarrassée.*

Monsieur n'était pas précisément un des défenseurs.

MAX, *vivement.*

J'ai été appelé comme conseil, simplement.

LE COMTE, *à Max.*

Vous êtes bien jeune, monsieur, pour déjà conseiller, (*souriant avec prétention*) mais Corneille a dit : « Chez les âmes bien nées .. » mes sincères compliments.

MAX.

Est-ce du persiflage, Monsieur ?

LE COMTE.

C'est au sérieux que je parle.

MAX, *à part.*

A-t-il l'air suffisant !

VOLCY, *recevant le bouquet que le Comte lui présente.*

Des roses... vous me gâtez.

MADAME DE RIS.

Quelles nouvelles en ville, Comte ?

LE COMTE.

Une bien fâcheuse, madame, le jeune Ernest de Montpezat s'est suicidé ce matin.

MADAME DE RIS.

Oh ! mon Dieu !..

LE COMTE.

Oui, follement épris d'une fille du peuple qui lui résistait, le sot s'est brûlé la cervelle.

VOLCY.

Oh ! le pauvre jeune homme !

MADAME DE RIS.

Quelle douleur pour ses malheureux parents... un fils unique.

LE COMTE, *d'un ton d'ironie.*

Ne voulait-elle pas qu'il l'épousât ?

MAX.

Les parents de ce jeune homme furent donc inflexibles, Monsieur ?

LE COMTE.

Tout naturellement, Monsieur, celui dont je parle, se nommait le marquis de Montpezat.

MADAME DE RIS, *à Volcy.*

Ces Messieurs permettent que tu ailles mettre ton bouquet dans l'eau, Volcy.

VOLCY.

Mais maman.

MADAME DE RIS.

Va te dis-je.

SCÈNE XV

LES MÊMES, *moins* VOLCY.

LE COMTE.

Entre nous, il fallait qu'il fût plus généreux, il eût peut-être mis sa bourse à sec, mais au moins il eût conservé sa cervelle... l'une peut toujours se remplir, mais l'autre ne peut pas se raccommoder.

MADAME DE RIS, *d'un air peiné.*

Ah! Monsieur, pouvez-vous plaisanter ainsi?

LE COMTE.

Mais Madame... Je suis outré, au contraire que pour une petite pécore à douteuse vertu, toute une famille noble soit en deuil.

MAX.

Sans être optimiste, Monsieur, et je ne le suis pas beaucoup, on peut croire qu'il est encore quelques jeunes filles pauvres qui ne se vendent pas.

LE COMTE.

Hélas! Monsieur, que dites-vous là... avec de l'adresse et de l'or...

MADAME DE RIS.

Allons, monsieur le Comte, vous êtes trop absolu dans vos idées.

LE COMTE.

Je ne suis pas seul de mon opinion, Madame, interrogez les hommes du monde, ils vous diront tous qu'il n'ont rencontré l'honnêteté que chez les femmes de leur rang.

MAX.

Parce que leur vanité est intéressée à le penser.

LE COMTE.

Comment cela?

MAX.

Ils aiment à croire confites en vertu celles qu'ils se destinent pour femmes... C'est une galanterie toute gratuite faite d'avance à Mesdames leurs épouses.

LE COMTE.

Est-ce votre expérience personnelle, qui vous fait parler ainsi?

MAX.

Mon expérience personnelle n'est point en cause, mais le raisonnement suffit à démontrer ce que j'avance.

LE COMTE.

Il est nouveau.

MAX.

Pour ceux qui ne l'ont jamais entendu.

LE COMTE.

Et les arguments?

MAX.

Ce n'est pas ici le lieu de les développer.

LE COMTE.

Dites plutôt que vous n'en avez pas d'assez puissants pour défendre une thèse si hasardée.

MADAME DE RIS, *à Max.*

Vous pouvez parler Monsieur.

MAX.

Ai-je donc besoin de vous apprendre, Monsieur le Comte, que l'honneur n'est pas l'apanage exclusif des femmes de haut rang et qu'il resplendit également sur le pudique visage de la fille pauvre; que si trop souvent, celle-ci succombe, l'histoire est là pour prouver que la noblesse lui en a de tout temps donné le triste exemple... en fournissant son contingent à tant d'alcôves royales. Les Gabrielle d'Estrées, les Lavallière, les Montespan, les Chateauroux n'avaient-elles pas leur blason... Ah! Croyez-moi, Monsieur, à quelque monde qu'elles appartiennent, jugeons les femmes avec plus d'équité... Ce sont toutes de mêmes filles d'Eve : sur la terre il n'est pas deux humanités !... Le cœur de la fille riche et le cœur de la fille pauvre sont tout à fait semblables, ce sont deux lyres qui se ressemblent, il ne faut que toucher les mêmes cordes pour en tirer les mêmes sons.

(A ce moment Volcy entre doucement en scène n'étant aperçue que de Max, et son visage exprime la satisfaction à mesure que Max parle.)

SCÈNE XVI

LES MÊMES, VOLCY.

LE COMTE.

Peste, Monsieur, quel chaud avocat vous faites, mais sans remonter aussi haut dans le passé, jetez donc aujourd'hui un seul regard au dehors, à travers les lunettes de tout le monde... Comptez les vierges filles et cherchez d'où elles viennent.

MAX, *avec une animation croissante.*

Hé! Monsieur, si les filles du pauvre servent d'ordinaire aux plaisirs des riches, si elles pullulent dans la rue, c'est que la faim, la misère, en outre des passions communes à toutes les femmes, viennent plus souvent frapper à leur porte, et que quand la vanité, la coquetterie ou l'amour font faillir à leur tour les filles du riche, l'enveloppe d'or dont elles sont revêtues empêche de distinguer leur flétrissure, tandis que le stigmate de la honte ne pouvant se voiler sur le front des filles du peuple, elles sont plus faciles à compter.

MADAME DE RIS.

Vous êtes bien sévère Monsieur, pour un monde auquel vous appartenez.

MAX.

Je crois Madame n'être qu'équitable.

LE COMTE.

Vous croyez, Monsieur? mais d'ailleurs à chacun son opinion.

MAX.

Ah! vous me permettez la mienne, Monsieur.

LE COMTE.

Il le faut bien, seulement, cet acharnement à vouloir à toute force rehausser les femmes de bas étage pour flétrir celles de haut rang, devant une personne comme Madame de Ris, est au moins, je trouve, un manque... de convenances.

MADAME DE RIS.

Comte?...

MAX.

Cela n'est pas, Monsieur, mais cela fût-il que je ne vous permets pas de me le faire observer?

LE COMTE, *froidement.*

Ah! Monsieur l'avocat s'oublie, je crois.

MADAME DE RIS, *bas au comte.*

J'exige que vous n'alliez pas plus loin.

VOLCY, *bas à Max.*

Si vous tenez à m'être agréable, prouvez-le moi en gardant le silence.

MADAME DE RIS.

Messieurs, ce ne sera pas inutilement que vous aurez traité devant moi un si grave sujet, si vous voulez en tirer cette morale : Qu'il faut être indulgent pour toutes les femmes, quel que soit leur rang, car souvent leurs fautes ne viennent que de vous. (*A Max.*) Aidez-moi je vous prie à déchiffrer ce grimoire de procédure.

MAX.

Très volontiers, Madame.

LE COMTE, *à Volcy.*

Quand vous appellerai-je comtesse de Mauléon?

VOLCY.

Tenez, Monsieur le comte, j'ai beaucoup réfléchi depuis ce matin... je crois que notre union serait funeste à l'un comme à l'autre.

LE COMTE.

Pourquoi?

VOLCY.

Nos goûts, nos sentiments, sont trop différents : vous êtes à juste titre fier de votre noblesse, moi je ferais bon marché de la mienne; vous êtes sérieux, je suis enjouée, vous êtes à cheval sur les convenances, je saute à pieds joints sur plusieurs d'entre elles, en un mot, vous êtes grand seigneur, moi, bien que noble, je suis bourgeoise; pourquoi donc lier deux existences si mal assorties et enchaîner deux cœurs qui pourraient trouver beaucoup mieux à s'apparier?

LE COMTE.

Permettez-moi de ne voir dans vos paroles qu'une simple boutade.

VOLCY.

Non, Monsieur le comte, mais une détermination tardive peut-être, mais bien arrêtée.

LE COMTE, *en souriant.*

Je n'en crois rien.

VOLCY.

Je le regrette, Monsieur.

LE COMTE.

Acceptez mon bras, que je me défende au moins.

VOLCY.

Non, Monsieur le comte, cessons cet entretien.

Volcy quitte le comte pour retourner auprès de sa mère et de Max qui font mine de parler ensemble.

LE COMTE, *à part.*

Que signifie? Est-ce à cause de ce procès gagné? Oh! non, un rival? mais qui? (*Regardant Max.*) Ce défenseur de vertu roturière? Ce n'est pas possible!... elle ne l'a jamais vu... Allons, c'est un caprice qu'il faut pardonner.

MADAME DE RIS, *à Max.*

Et vous nous quittez de suite, Monsieur?

MAX.

A l'instant, Madame.

LE COMTE, *saluant pour se retirer.*

Mesdames... au revoir.

MADAME DE RIS, *au comte.*

Comment, vous partez aussi, comte?...

LE COMTE.

Oui, Madame.

MADAME DE RIS, *à part.*

Je ne veux pas qu'ils se rencontrent. (*Haut au comte.*) Pas avant que vous n'ayez vu dans mon parterre de prédilection, les beaux camélias que vous m'avez envoyés... votre bras.

LE COMTE.

Volontiers, Madame.

MADAME DE RIS.

Et à demain au château, n'est-ce pas?

LE COMTE.

Je n'y manquerai pas Madame. (*A Max avec ironie.*) Je compte bien, Monsieur, avoir le plaisir de vous revoir..

MAX *de même.*

Croyez, Monsieur, que ce ne serait pas ma faute s'il en était autrement.

MADAME DE RIS, *à Volcy.*

Tu nous suis, Volcy. (*Elle sort au bras du comte par la gauche.*)

VOLCY.

Oui, mère, le temps de retrouver mon éventail.

(*Volcy cherche dans le salon son éventail qu'elle retrouve sur un meuble*)

SCÈNE XVII

MAX, VOLCY.

MAX.

Mademoiselle? Je viens de vous blesser dans ce que vous avez de plus cher.

VOLCY.

Vous avez été bien amer.

MAX.

Oh! je le hais tant, ce Comte que vous aimez!

VOLCY.

Vous jugez promptement, qui vous prouve que je l'aime?

MAX.

Qui le prouve?... Mais la douleur qu'on lit sur votre

visage... vous n'avez pu voir flageller sans en être humiliée, l'homme dont vous allez porter le nom... J'ai mal fait.... J'aurais dû lui laisser fouler aux pieds, ces êtres malheureux si indignement calomniés, mais il faut me le pardonner; malgré moi en entendant jeter l'ignominie sur ces jeunes filles pauvres, je me suis demandé, si vous, par exemple, au lieu de venir au monde au milieu du luxe, vous ne pouviez pas naître dans la misère... et je vous voyais là, chaste et pure, sous des haillons, plus belle peut-être que sous la soie qui vous couvre, en butte au mépris d'un homme doré, venant marchander vos vertus, comme si les anges vendaient leurs ailes... Alors, l'indignation, m'a fait monter le sang au visage... et je me figurais vous défendre, quand je vous affligeais.

VOLCY.

Vous vous trompez, Monsieur, je vous ai admiré !..... Mes parents m'ont fait la vie si douce par leur tendre sollicitude... qu'il est, je le vois, des douleurs que je ne soupçonnais pas ; d'aujourd'hui seulement, je comprends ce qu'il y a de noble à les défendre... et quand je me sens tant de désir de vous remercier de l'avoir fait devant moi... Il faut que je vous apporte du chagrin peut-être, comme récompense.

MAX.

Achevez, Mademoiselle, achevez...

VOLCY.

Mon père revenant ce soir de son voyage, nous ne voudrions pas nous rendre blâmables à ses yeux, en lui apprenant votre démarche et mes étourderies... il faut donc... ne plus nous revoir... Monsieur Derville, mais en quittant la maison de mon père, n'oubliez pas que vous avez laissé ici le souvenir d'un noble cœur que nous eussions été heureuses de connaître d'une façon moins étrange.

MAX.

Ah ! les lèvres qui tantôt ont prononcé de si douces paroles à mon cœur, ne devraient pas être les mêmes qui m'en apportent de si amères.

VOLCY.

Je ne mérite pas ces reproches, Monsieur, je n'ai pris ce

rôle que dans l'espérance de lui enlever ce qu'il pouvait avoir de douloureux pour vous et si je me suis trompée...

MAX.

Oh! non!... Quand on souffre, on est souvent injuste, pardonnez-moi... parlez-moi...

VOLCY.

Que vous dirais-je, Monsieur, que je suis peinée de cette séparation... ne le voyez-vous pas?

MAX.

Quoi! je pourrais espérer!... Eh bien!... puisque mon bonheur en peut dépendre, laissez-moi vous apprendre ce que j'ai tenu à vous taire.

VOLCY.

Quoi donc?

MAX.

Tout-à-l'heure, un de vos domestiques, Germain, frappé de la ressemblance de ma physionomie avec celle d'un homme qu'il avait vu autrefois, m'a questionné sur ma famille et il m'a appris que votre père, tombé un jour dans un guet-apens, n'avait dû la vie qu'à l'épée du mien.

VOLCY.

Mais, où?

MAX.

En Italie, en 1859.

VOLCY.

Mais alors, vous seriez...

MAX.

Oui... peut-être qu'en considération de ce service, vos parents me permettront-ils, quelquefois, votre chère présence.

VOLCY, *ivre de joie.*

Oh! sans nul doute, Monsieur, et je cours apprendre à ma mère cette bonne nouvelle. (*Elle sort en courant*).

SCÈNE XVIII

MAX, *seul.*

Oh! ma pauvre raison! je sens qu'elle m'abandonne, ce qui m'arrive tient du prodige. O suaves espérances d'une union dont je n'ose pas entrevoir les délices, ne quittez pas mon cœur... si vous devez être le seul bonheur réel que je retire jamais de cette affection, demeurez encore, afin que les peines, quelque cuisantes qu'elles soient, dont je puis être abreuvé plus tard, ne m'enlèvent pas au moins jusqu'à votre souvenir.

SCÈNE XIX

MAX, MADAME DE RIS, VOLCY, UN DOMESTIQUE.

VOLCY, *entre haletante, tenant la main de sa mère.*

Oui mère, son père à sauvé le mien.

MADAME DE RIS, *à Volcy.*

Germain vient de me tout apprendre (*A Max*), mais Monsieur, pourquoi m'avoir caché la belle action de votre père.

MAX.

Parce que je tenais Madame, à ce que la reconnaissance n'entrât pour rien dans l'affection que je m'efforçais d'inspirer à Mademoiselle, et si j'ai rompu le silence, c'est qu'un doux aveu tombé de ses lèvres avait ouvert mon âme à l'espérance... Car sachez-le bien Madame...

MADAME DE RIS, *l'interrompant.*

Je sais, Monsieur, qu'il est des Dettes du Cœur qui coûtent cher à payer... et la première preuve que je puisse vous donner du désir d'acquitter la nôtre, c'est de vous pardonner la peine que vous me causez.

MAX.

Oh! Madame, je réparerai ma faute.

MADAME DE RIS.

Je ne vous ferai pas de reproches, Monsieur, vous êtes venu ici surprendre ma raison par votre esprit, mon cœur, par les qualités que vous m'avez laissé entrevoir... vous vous êtes emparé de celui de ma fille, qui n'a pas su vous le disputer longtemps et vous avez ainsi changé bien des projets dans notre famille.

MAX.

Arrêtez, Madame, vous me rendriez fou de joie...

MADAME DE RIS.

Franchement, Monsieur, vous ne nous connaissiez pas avant votre première visite?

MAX.

Non, Madame, je vous le jure.

MADAME DE RIS.

C'est bien étrange!... A demain donc à 6 heures, au château, je vous présenterai à mon mari.

MAX, *saluant.*

Merci, et à demain.

MADAME DE RIS.

Un dernier mot Monsieur; vous verrez le comte de Mauléon, promettez-moi d'éviter toute rencontre avec lui.

MAX.

Je vous le promets, Madame, je ne le hais plus, (*regardant Volcy*), puisqu'on ne l'aime pas.

UN DOMESTIQUE.

Madame la comtesse d'Aléna demande si Madame et Mademoiselle sont prêtes pour aller au bois.

MADAME DE RIS.

Nous sommes à elle. (*Le domestique sort*).

MAX, *tout tremblant.*

La comtesse d'Aléna... Edmée ici... oh! mon bonheur s'écroule!...

ACTE TROISIÈME

(Le théâtre représente au premier plan, un parterre avec fleurs, bosquets, allées à droite et à gauche. Au second plan des gradins, aboutissant à un vaste parc.

SCÈNE PREMIÈRE

LE GÉNÉRAL, MADAME DE RIS, VOLCY.

(Au lever du rideau, Madame de Ris et Volcy tiennent chacune un bras du Général.

VOLCY.

Bon père, si tu savais comme il...

LE GÉNÉRAL.

Comme il !... Quoi ?

VOLCY.

Comme il a l'air militaire !

LE GÉNÉRAL.

Ah ! rusée !... Mais c'est assez me contraindre... Sachez donc que votre petite histoire s'est accomplie avec ma permission.

MADAME DE RIS.

Comment ?

LE GÉNÉRAL.

Hé mon Dieu ! oui....

VOLCY.

Père, je suis sur le gril !

LE GÉNÉRAL.

Fais comme Saint-Laurent, dis qu'on te retourne.

VOLCY.

Voyons, papa, je brûle...

LE GÉNÉRAL.

Figurez-vous, qu'il y a un mois, lorsque je partis pour Tours, j'arrivai à la station de Beaugency, avec une soif de madère, comme celle que vous me connaissez... Je me précipite au buffet, en criant : « un madère? » A peine avais-je parlé, que la bienheureuse liqueur miroitait devant mes yeux, malheureusement comme je mettais la main dessus, je sentis d'autres doigts qui m'avoient prévenu... J'ai demandé ce madère avant vous, Monsieur, me dit un Monsieur qui me disputait ma proie... et lui, tenant le verre par le faîte, et moi, par la base, nous allions le briser plutôt que de nous le céder, quand je réflechis que je devais être le dernier arrivé.... Donnez-un second verre de madère, criai-je à l'hôtesse... Désolée, Monsieur, je n'en n'ai plus... et le convoi va repartir...., Oh! pour le coup, je devins cramoisi de colère, et j'aurais eu je crois une attaque d'apoplexie, si ce bon monsieur Gustave Leford....

MADAME DE RIS ET VOLCY.

Gustave Lefort!

LE GÉNÉRAL.

C'est ainsi qu'il s'appelle, ne m'eût gracieusement dit : « Monsieur, la politesse veut que je vous offre ce vin, comme à mon doyen d'âge.... » Je regardai mon gaillard, sa figure me plut, bien qu'elle ne fût pas belle, et j'acceptai sans vergogne.., Nous fûmes dès lors, les meilleurs amis du monde; et comme il allait à Tours, nous montâmes dans le même compartiment.

MADAME DE RIS.

Tout cela ne nous apprend pas...

LE GÉNÉRAL.

Un peu de patience... Vous savez qu'il m'arrive parfois de raconter mes campagnes.

VOLCY.

Oh! très souvent papa.

LE GÉNÉRAL.

Oui dà!.... Eh bien! ce jour-là je fus bien inspiré, car

en m'entendant prononcer le nom du chirurgien major qui m'a sauvé la vie en Italie, Gustave m'apprit que ce brave de Salmont, mort peu de temps après mon aventure, laissait un fils qui se trouve être l'intime ami de mon généreux compagnon de voyoge.

VOLCY, *vivement.*

Ah! je crois que je comprends.... Mais non cependant, monsieur Max se nomme Derville.

LE GÉNÉRAL.

Oui, Derville de Salmont, nom de son village qu'il ajoutait au sien, pour ne pas être confondu avec un officier du régiment, son homonyme.

VOLCY.

Mais alors pourquoi ne nous avoir pas présenté monsieur Max dans les formes ordinaire.

LE GÉNÉRAL.

C'était bien mon intention, mais Gustave m'assura que le caractère orgueilleux de son ami l'empêcherait de venir recueillir nos remerciements, que, de plus, le sachant décidé à quitter la vie, il ne voyait guère que l'inattendu, l'excentrique, qui pussent peut-être le guérir de cette folle idée... et comme je lui disais à ce sujet, que si son ami voyait ma Volcy, il ne voudrait plus mourir.

VOLCY, *embrassant son père.*

Père, avec d'aussi bons yeux, tu n'auras jamais besoin de lunettes.

LE GÉNÉRAL.

Laisse-moi donc achever... Gustave prit la balle au bond, ne voulut pas attendre mon retour, et plaida si chaudement la cause de son ami, que je le laissai libre d'employer le moyen qu'il voudrait pour mettre son ténébreux protégé en rapport avec vous, sans qu'il se doutât de notre rencontre.. arrivé à Paris avant moi, Gustave s'y prit d'une façon peu orthodoxe et peu de mon goût, mais puisqu'il a réussi, la fin justifie les moyens.

MADAME DE RIS.

Et dire que sans ce verre de madère!...

LE GÉNÉRAL.

Aussi, tu sais si je l'aime, le madère !

VOLCY.

Dis donc, père, nous attendons monsieur Max.

LE GÉNÉRAL.

Je le sais... Gustave, qui par ses lettres m'a tenu au courant de vos intrigues, est venu hier soir me chercher à la gare, et m'a tout raconté.

VOLCY.

De sorte que?

LE GÉNÉRAL.

De sorte que, dans votre comédie vous m'avez laissé le rôle le plus difficile à remplir.

MADAME DE RIS.

Lequel?

LE GÉNÉRAL.

Celui, d'éconduire monsieur de Mauléon.

VOLCY.

J'ai déjà commencé hier...

LE GÉNÉRAL.

Moi, j'ai terminé ce matin par une lettre.

MADAME DE RIS.

Si par hasard, il ne l'a pas reçue, il viendra... et je redoute ce qui va se passer.

LE GÉNÉRAL.

S'il vient, je lui donnerai poliment son congé... voilà tout... maintenant allons recevoir notre audacieux.

SCÈNE II

LES MÊMES, MAX, *arrivant par les degrés. Au moment où Max très pâle s'inclinant pour saluer; le général le prend par la main, l'entraîne sur le devant de la scène, et le regardant avec avidité.*

LE GÉNÉRAL.

Oh ! vous avez bien les traits du brave chirurgien major Derville. (*Il lui tend la main.*)

MAX.

Je suis confus !

LE GÉNÉRAL, *avec sentiment.*

Ah ! je me souviendrai toujours de la seule poignée de main qu'il m'ait donnée : « Adieu, capitaine, » me dit-il, « vos blessures seront longues à se fermer, mais elles guériront... Adieu. » Mes yeux seuls durent le remercier, car j'avais perdu tant de sang que je ne pus prononcer une parole, et comme si je pressentais que je ne le reverrais plus, mes regards le suivirent jusqu'à ce que je l'eusse perdu de vue. Ah ! le brave homme ! le noble cœur ! et comme je suis heureux de retrouver son fils.

MAX.

Monsieur le général c'est trop de reconnaissance.

LE GÉNÉRAL.

Quant à vous, monsieur, soyez ici comme dans votre propre demeure, et peut-être, bien que je prévoie quelques obstacles, pourrons-nous ratifier les petits projets que ma femme et ma fille ont pu faire avec vous.

MAX, *ému.*

Ah ! pardonnez-moi, une émotion dont je ne suis pas maître... Cette réception si bienveillante, si inespérée...

LE GÉNÉRAL.

Eh bien ! eh bien !... Qu'est-ce à dire ?

MAX, *essuyant une larme.*

Il faut qu'il y ait des joies plns fortes que les douleurs puisque, malgré moi, je pleure presque devant vous...

VOLCY, *pleurant.*

Bon père, que je t'aime !

LE GÉNÉRAL, *à Volcy.*

Toi aussi ?... Allons plus de larmes... l'émotion me fait mal... fais comme ta mère et moi... vois, nous sommes heureux sans pleurer... (*Pleurant malgré lui, il regarde madame de Ris qui pleure aussi.*) Ah ! alors, si nous larmoyons tous, je m'en vais.

SCÈNE III

LES MÊMES, GUSTAVE.

LE GÉNÉRAL, *à Gustave qui entre.*

Vite, Gustave, une digue à nos larmes, ou craignez un nouveau déluge...

GUSTAVE.

Un déluge! tant mieux, Général!... Quant à moi, je ne crains pas d'être englouti, je nage comme le capitaine Boyton... Je suivrai la nouvelle arche de Noé, où vous serez, vous et les vôtres, et qui ne sera pas fâchée de conserver mon espèce.

LE GÉNÉRAL, *riant et donnant une poignée de main à Gustave.*

C'est cela, et nous aborderons à un nouveau paradis terrestre.

GUSTAVE.

Où je vous prierai comme en ce moment de me présenter à ces dames.

LE GÉNÉRAL, *présentant Gustave.*

Mon nouvel ami, monsieur Gustave Lefort, le même, qui après m'avoir offert son verre de madère...

GUSTAVE, *souriant.*

Disputé... d'abord.

LE GÉNÉRAL, *de même.*

C'est juste!...m'a comblé ensuite de prévenances au milieu de sa famille.

MADAME DE RIS, *à Gustave.*

Recevez-en toute ma gratitude, monsieur.

GUSTAVE.

Trop belle récompense, madame, pour une action tout à mon profit.

MAX, *à Gustave.*

Toi, ici?...

GUSTAVE, *à Max.*

Oui, monsieur l'égoïste... Ah! vous qui êtes entré dans la terre promise maintenant, vous ne vous inquiétez plus de ceux qui sont derrière vous. . et cependant... (*Se retournant vers madame de Ris*) j'ai un généreux pardon à demander à madame et à mademoiselle de Ris.

MADAME DE RIS.

Pour quel crime, Monsieur ?

GUSTAVE.

Celui, Madame, d'avoir rôdé des heures entières devant votre hôtel, comme un voleur, afin de vous connaître d'abord, puis de vous avoir suivies pour découvrir le lieu de vos promenades favorites... le portrait perdu a fait le reste.

MAX.

Comment, tu connaissais madame et mademoiselle de Ris... et tu as souffert...

GUSTAVE.

Vous allez voir, Général, qu'il va me blâmer.

LE GÉNÉRAL.

Il n'y a plus de reconnaissance sur terre.

MADAME DE RIS.

Et cependant, Monsieur, sans ma faiblesse envers Volcy... votre ami jouait gros jeu.

GUSTAVE.

J'espérais beaucoup de son esprit, Madame, et tout de son cœur, d'ailleurs s'il eût échoué, le général et moi, fussions revenus officiellement à la charge.

MADAME DE RIS.

Vous avez une manière d'expliquer vos fautes qui nous oblige à vous les pardonner.

MAX.

C'est égal, Gustave, tu n'aurais jamais dû permettre.

GUSTAVE.

Je vous connais par cœur, Monsieur mon ami, et j'étais convaincu qu'en usant de ce stratagème, vous ressentiriez pour mademoiselle de Ris, un amour sincère, qui ne serait point né dans une présentation ordinaire, et j'ai eu raison de compter sur lui, pour remettre en place votre pauvre cervelle.

LE GÉNÉRAL.

Mais dites-moi donc, Gustave, je croyais que quand l'amour entrait dans une cervelle, c'était pour la mettre à l'envers.

GUSTAVE.

Sans doute Général, quand elle est à l'endroit, mais lorsqu'on l'a déjà à l'envers, l'amour, en la retournant ne peut que la remettre à sa place.

LE GÉNÉRAL, *riant.*

Ah! monsieur Gustave, j'avoue que je ne me sens pas de force à vous donner la réplique.

GUSTAVE.

Comment, Général, de la modestie chez un vieux soldat.

MADAME DE RIS.

C'est le monde renversé.

VOLCY.

Papa ne crie misère que pour entendre parler de ses richesses.

LE GÉNÉRAL.

Tu crois cela, démon! (*à Max*). Eh bien! mon cher monsieur Max, vous semblez abasourdi.

MAX.

Ce n'est pas par l'esprit de Gustave à coup sûr Général, mais par mon bonheur.

LE GÉNÉRAL.

Si ce n'est que cela, vous vous y habituerez.

GUSTAVE, *à mi-voix, à madame de Ris.*

L'amour fait son effet... voilà Max qui veut me mordre.

MADAME DE RIS.

C'est de toute justice, car s'il est devenu enragé, c'est bien à vous qu'il le doit.

MAX, *à Volcy.*

Qu'ils fassent de l'esprit, je ne puis causer que des choses du cœur.

VOLCY.

Je vous écoute...

MAX.

Je déteste la rose de votre corsage, car elle provient du bouquet du comte de Mauléon.

VOLCY.

Déjà jaloux !... rougissez Monsieur, je viens de la cueillir et je vous la donne pour porter mes couleurs.

MAX.

Que je vous aime!... (*Il prend la fleur et la met à sa boutonnière*).

MADAME DE RIS.

Volcy ! allons donner nos derniers ordres.

SCÈNE IV

LE GÉNÉRAL, MAX, GUSTAVE.

LE GÉNÉRAL.

Maintenant, Messieurs, à nous trois... vous m'avez mis dans une jolie situation vis-à-vis du comte de Mauléon...

GUSTAVE, *à Max.*

C'est ta faute.

MAX, *désignant Gustave.*

C'est la mienne.

GUSTAVE, *se désignant lui-même.*

C'est la mienne (*Désignant le général*). C'est la vôtre.

LE GÉNÉRAL, *riant, les désignant tous les trois.*

C'est la nôtre.

GUSTAVE.

Pourquoi pas la leur... comme dans la grammaire.

LE GÉNÉRAL, *riant.*

Ce coq-à-l'âne est aussi insensé que le procédé que vous avez suggéré à votre ami pour s'introduire dans ma demeure.

GUSTAVE.

Ne m'aviez-vous pas donné carte blanche, Général? j'en ai profité pour désigner à Max, le chemin de casse-cou qui lui a livré la place... je ne suis pas responsable de l'incendie qu'il a allumé.

LE GÉNÉRAL.

Quel Don Juan que votre Werther !... Du diable si je me doutais qu'il irait aussi vite en besogne.

GUSTAVE.

Il était dans son rôle... chez un général, on marche au pas de charge.

LE GÉNÉRAL.

Il n'a pourtant vaincu qu'à moitié, car je dois vous prévenir que pendant mon absence, le comte de Mauléon a redoublé sa cour intermittente, s'est fait agréer de ma femme, qui l'a toujours vu d'un œil favorable, si bien qu'aujourd'hui il peut se croire autorisé à réclamer la main de ma fille... je ne sais vraiment quel procédé employer pour l'éconduire.

GUSTAVE.

Mais, Général, le plus expéditif, à la baïonnette.

LE GÉNÉRAL.

A la guerre, c'est un moyen déjà usé... ici, il ne serait pas meilleur... je songe à la diplomatie...

GUSTAVE.

Les militaires sont rarement bons diplomates.

LE GÉNÉRAL.

Avouez que ma sympathie pour vous, mon cher Gustave, née de votre dévouement pour votre ami et que ma reconnaissance envers le père de monsieur Max, m'ont fait inprudemment peut-être, souscrire à vos désirs, et je suis forcé de convenir que pour un homme qui porte des cheveux blancs, j'ai agi un peu à la légère... je vous demande donc, aujourd'hui, de me donner le temps nécessaire pour découvrir un moyen honnête d'annuler le contrat moralement signé entre madame de Ris et le comte. (*Se tournant vers Max.*) Quant à vous, Monsieur, vous me promettez d'éviter toute discussion avec monsieur de Mauléon.

MAX, *vivement.*

Si vous regrettez ce que vous avez permis, Général, et si ma présence ici peut faire naître des incidents fâcheux pour vous, permettez-moi de me retirer.

LE GÉNÉRAL, *à Max.*

Comment, vous fuiriez devant le danger ?... Vous me devez obéissance, monsieur, je vous place au premier rang, vous essuierez le feu, et ne riposterez pas.

MAX.

Ne pas riposter au Comte, lorsqu'il m'attaquera ?

LE GÉNÉRAL.

C'est là consigne.

MAX.

Elle est peu militaire quoique bien sévère.

LE GÉNÉRAL

C'est à prendre ou à laisser.

MAX.

Je prends... Je resterai... Coi.

LE GÉNÉRAL.

J'aperçois l'ennemi qui s'avance... (*à part.*) Le Comte est radieux... Il n'a pas reçu ma lettre... Tant pis !...

SCÈNE V

LES MÊMES, MADAME DE RIS, LA COMTESSE, LE COMTE.

MADAME DE RIS, *au Général.*

Héctor, je te confie ma prisonnière.

MAX, *à part.*

Edmée !...

LE GÉNÉRAL.

Qui sera bien gardée, je te le promets... vous voulez donc absolument nous quitter, Comtesse ?

LA COMTESSE.

Je vais rejoindre mon mari, Général.

LE GÉNÉRAL.

Eh bien ! A demain votre liberté... puisque nous sommes ici presqu'en famille, permettez-moi donc de vous dire, en deux mots, que dans votre beau pays je dus la vie à un brave compagnon d'armes... je vous présente son fils que j'ai presque miraculeusement découvert. (*Il présente Max à la Comtesse.*)

LA COMTESSE, *à part.*

Lui !... ici.

LE GÉNÉRAL.

Monsieur Max Derville.

LA COMTESSE, *saluant.*

Monsieur...

MAX, *tout pâle et saluant.*

Madame... (*A part.*) Je suis perdu.

LE COMTE, *saluant Max.*

Oui... Monsieur est avocat... de province, je crois... nous nous sommes déjà vus.

MAX.

Je ne l'ai pas oublié, Monsieur.

GUSTAVE, *à part.*

Bon, voilà la situation qui se complique.

LE GÉNÉRAL.

Ah ! ça, mais je ne vous fais pas l'histoire d'un des travaux d'Hercule; cependant, pourquoi semblez-vous tous si stupéfaits.

LE COMTE, *contrarié de voir l'intimité de Max et Volcy.*

Stupéfaits !... Non, Général, mais émerveillés d'une telle rencontre, après un si long temps... C'est vraiment fabuleux !

LE GÉNÉRAL.

Ce n'est point de la fable, Monsieur, mais un fait réel et qui appelle toute ma reconnaissance.

LA COMTESSE, *avec insinuation.*

Général, je pressens, moi ! jusqu'où elle peut vous conduire... et vous monsieur le Comte ?

LE COMTE.

Moi, je ne pressens rien et ne vois là qu'une action honorable à l'actif d'une famille bourgeoise.

MADAME DE RIS.

Mais qu'avez-vous, chère amie, vous êtes tout émue ?

LE GÉNÉRAL.

Vous pâlissez... je vais appeler.

LA COMTESSE.

Non, non, merci... ce n'est rien... je suis sujette à certaines oppressions qui me fatiguent... Je ne sais pourquoi, je me figure que je mourrai brusquement... d'une maladie du cœur.

MAX, *se rapprochant vivement avec bonté.*

Oh ! non... Madame... non.

LA COMTESSE, *regardant Max.*

Vous croyez, Monsieur... Eh bien, j'en accepte l'augure.

MADAME DE RIS, *à part.*

C'est étrange ! comme elle se trouble à la vue de Max, et déjà, lui... hier.

LA COMTESSE, *fièvreusement, à Max.*

Voyez, Monsieur, les bonnes actions dans les familles sont comme le bon grain que le laboureur jette profondément dans la terre et qui vient tardivement mûrir à la surface... alors si celui qui a semé meurt avant la moisson... C'est le fils qui récolte.

MAX.

Madame...

LE GÉNÉRAL, *serrant la main de Max.*

Mais rien n'est plus juste, Comtesse, seulement moi, pour le courageux service du père, je n'ai encore offert au fils que ma sincère amitié.

MAX, *vivement.*

Prouvez-moi donc, que je n'en suis pas indigné M. le Général, en assurant Madame la Comtesse que ma présence ici n'est due qu'au hasard, et que je n'y suis pas venu récolter le fruit d'une action que je n'ai pas même l'honneur d'avoir accompli.

LE GÉNÉRAL.

Et qui oserait en douter, cher ami ?

LA COMTESSE.

Vous vous méprenez sur le sens de mes paroles, monsieur, à un homme comme vous on n'offre pas de l'or, mais il est de ces récompenses, qui pour être plus élevées sont d'autant mieux acceptables, n'est-ce pas, Général ?

LE GÉNÉRAL.

Assurément... Comtesse... (*A part.*) De quoi diable se mêle-t-elle ? (*Haut.*) D'ailleurs, cela me regarde et je me charge... de payer ma dette.

LA COMTESSE.

Vous serez plus heureux que nous, Général.

LE GÉNÉRAL.

Je ne vous comprends pas.

LA COMTESSE.

Vous allez me comprendre... Mon mari et moi, avons été une nuit, miraculeusement protégés contre des assassins par un jeune homme qui méprisa toutes nos offres et qui pour toute récompense exigea qu'on tût son nom et cachât sa belle action.

LE COMTE.

Mais, c'est digne de la Chevalerie...

LA COMTESSE.

Vous voyez qu'il me reste une terrible dette du cœur à payer... Aussi je ne lui ai jamais pardonné cet excès de modestie orgueilleuse, tout en me conformant à ses désirs, toutefois, car je n'ai jamais dit le nom de mon Chevalier.

LE COMTE.

Ah ! Il est vraiment fâcheux que le héros ait voulu garder l'anonyme... car je m'attendais presque à ce que ce fût quelqu'un de la famille de monsieur (*Il désigne Max.*)

LA COMTESSE.

Vous avez de la pénétration Monsieur le Comte, car... c'est...

GUSTAVE, *interrompant vivement la Comtesse.*

Un jeune Italien, sans doute?

LA COMTESSE, *désignant Max.*

Non, Monsieur,... non,... c'est M. Derville.

MAX.

Ah ! Madame !...

LE GÉNÉRAL, *étonné.*

Comment, Max... c'est vous ? (*Lui serrant la main.*) Ah ! c'est bien !

LE COMTE, *avec ironie.*

Qu'est-ce que je disais (*A part.*) Ces gens-là ont du sang de Terre-Neuve dans les veines.

LE GÉNÉRAL.

Je comprends maintenant votre fureur après notre orgueilleux... mais soyez tranquille... (*Avec mystère à demi-voix.*) Je crois que j'ai un moyen de le récompenser pour nous deux.

LA COMTESSE, *s'efforçant de sourire.*

C'est cela, Général... Tant mieux (*A part.*) Ah ! que je souffre !

MADAME DE RIS.

Et moi chère amie, je m'explique votre étonnement à la vue de monsieur Derville que vous étiez loin d'attendre ici.

GUSTAVE.

Cessons d'exalter les vertus de mon ami, sans cela je vais mettre à nu tous ses défauts.

LE COMTE, *à Max avec ironie pendant que tous les autres redescendent la scène.*

Ah ! ça, Monsieur, mais c'est donc une monomanie de sauver les gens dans votre famille... Monsieur votre père en Italie... vous ici... Est-ce qu'en cherchant bien, Monsieur votre grand-père ?..

MAX.

C'est étrange, comme vous devinez juste, Monsieur, mon grand-père en effet, avait aussi la sienne.

LE COMTE.

Je m'en doutais...

MAX.

C'était de mettre autant d'empressement à se défaire d'un ennemi, ou d'un importun, que mon père en mettait à sauver son semblable.

LE COMTE, *à Max.*

Et laquelle des deux préférez-vous, Monsieur ?

MAX.

Celle de mon grand-père, Monsieur, car elle n'exige pas beaucoup de patience... et comme je n'en ai pas beaucoup...

LE COMTE.

Vous vous trompez...,

MAX, *bas au Comte.*

J'ai grande hâte de vous prouver le contraire.

LE COMTE, *ironiquement.*

Vous êtes vraiment trop aimable, Monsieur.

LE GÉNÉRAL, *à Max à part.*

Et la consigne ?

MAX, *au général.*

C'est bien.

GUSTAVE, *à part.*

Moi qui comptais préparer un mariage, j'ai bien peur de ne récolter qu'un enterrement.

LE COMTE, *à Madame de Ris.*

Me permettez-vous d'aller inviter mademoiselle Volcy, pour la première valse.

MADAME DE RIS.

Allez, Monsieur, d'ailleurs il est temps de rentrer, nos invités arrivent. (*Le comte sort.*)

SCÈNE VI

LES MÊMES, MOINS LE COMTE.

LA COMTESSE, *bas à Max.*

Restez, j'ai à vous parler..,

LE GÉRÉRAL.

Mon bras, comtesse.

LA COMTESSE, *prenant vivement le bras de Max.*

Trop tard, Général, Monsieur me l'avait offert.

LE GÉNÉRAL, *à sa femme.*

Le veux tu, toi, Amélie.

MADAME DE RIS, *prenant le bras de Gustave.*

Trop tard, cher ami.

LE GENÉRAL, *riant.*

Ah ! ça, mais... j'arrive donc toujours trop tard, maintenant.

GUSTAVE.

Et je ne serai pas si généreux qu'à la station de Beaugency, mon général.

LE GÉNÉRAL.

Je passe à l'avant-garde, qu'on me suive.

(*Fausse sortie de Max et de la comtesse, qui rentrent immédiatement en scène et se quittant le bras.*

SCÈNE VII

LA COMTESSE, MAX.

LA COMTESSE, *haletante.*

Monsieur, Monsieur, il était temps que cette situation changeât, car j'allais mourir.

MAX.

Madame...

LA COMTESSE, *avec emportement.*

Mais vous me trompiez donc et indignement, en m'écrivant cette lettre qui a failli me tuer... vous aimez ici...... tandis que moi... (*Presque pleurant.*) Ah ! C'est affreux.

MAX.

Je vous le jure, Edmée, je n'étais pas entré dans cette maison quand je vous ai écrit... C'est par Gustave seulement et depuis trois jours que je connais la famille du général.

LA COMTESSE.

Écoute, Max ?... Tu as eu dernièrement la mesure de mon affection pour toi, n'est-ce pas ?... Ah ! je t'aimais bien va ! rappelle ton souvenir... J'ai averti mon ami de tes desseins pour qu'il veillât sur ta vie, et avec ses preuves écrites que je n'avais plus ta tendresse... (*Pleurant.*) j'ai eu la force de m'éloigner sans murmurer... Et quand je pouvais encore me jeter à tes pieds, te réveiller sous mes caresses, te demander par pitié de m'aimer quelque temps encore, je ne l'ai pas fait... Mais les deux mains sur mon cœur pour qu'il ne brisât pas ma poitrine, je suis partie lentement pour voir plus longtemps ton visage, et généreuse jusqu'au bout, je n'ai pas même maudit la Providence.

MAX.

Ah! oui... oui, tu es bonne...

LA COMTESSE.

Mais sais-tu pourquoi, dis, le sais-tu ? C'est parce que la tendresse que tu ne pouvais plus me donner n'appartenait à personne... Je le croyais alors... (*Avec véhémence.*) Mais dépêche-toi donc de me dire que tu n'aimes pas cette e une fille... Tu vois bien que tu me tortures...

MAX.

L'amour dans mon cœur n'a pu entrer comme la foudre, Edmée. ,. c'est impossible !

LA COMTESSE.

Voyons, Max, est-ce bien vrai? D'ailleurs, tu sais qu'elle est promise à monsieur de Mauléon, que cette fête est pour eux, comme un jour de fiançailles.

MAX.

Est-ce bien vrai que c'est l'époux qu'elle s'est choisi?....

LA COMTESSE.

Tu vois bien que tu souffres?

MAX.

Moi!... non... mais je ne sais pourquoi je hais cet homme.

LA COMTESSE.

Oh! je le sais bien, moi!... tu le hais, pour la même raison que je la hais! Je t'en conjure, Max, pendant qu'il en est temps encore, arrache de ton cœur cet amour naissant... viens avec moi en Italie, toutes les adorations d'une femme aimante, tu les auras. Si l'ambition se développe dans ton cœur, je suis puissante, tu arriveras aux premiers postes.... Eh bien! si plus tard, mon amour te semble toujours un fardeau, peut-être trouverai-je la force de te rendre ta liberté... Mais à cette heure... et pour cette jeune fille... Oh! ne me le demande pas... jamais!

MAX, *comme ébranlé*,

Eh bien! peut-etre!...

SCÈNE VIII

Les Mêmes, GUSTAVE.

GUSTAVE, *qui a entendu les dernières paroles de Max.*

Non, Max, non... jamais!...

MAX.

Gustave!...

LA COMTESSE, *à Gustave.*

Toujours vous, Monsieur.., Mais que me demandez-vous donc encore?... J'allais retourner en Italie, je vous l'ai écrit; ne pouviez-vous donc au moins attendre que je fusse partie pour profiter du mon sacrifice... avez-vous donc juré de me torturer jusqu'à ce que vous rencontriez ma haine?

GUSTAVE, *avec compassion.*

Je sais que suis impitoyable, Madame, mais il le faut.

LA COMTESSE, *en s'animant.*

Qui êtes-vous enfin pour vous trouver toujours sur mon chemin?... Avez-vous droit de haute justice sur mon cœur? Vous flattez-vous de commander à mon âme? Si cela est, que ne m'arrachez-vous à l'amour pour me rendre au devoir, je vous bénirais alors... Mais si vous n'avez d'autre remède à mes maux que de me remettre à chaque instant ma faute sous les yeux, dispensez-vous de cette tâche; ma raison donne un assez cruel démenti à mon cœur pour que je sois mon vrai juge; soyez-en sûr, j'ai une conscience, des remords... je sais que je suis méprisable... mais que voulez-vous, j'aime!... cela me suffit et m'absout.

GUSTAVE.

C'est parce que je connais, Madame, la grandeur du sacrifice que vous avez fait, que je ne voudrais pas vous voir, pour en perdre le fruit, renouer des relations dont Max n'est même plus digne.

MAX.

Tu mets mon amitié bien à l'épreuve, Gustave?

GUSTAVE.

Voudrais-tu que je te glorifiasse de rechercher, de soupirer même après la main de Mademoiselle de Ris, pendant qu'ici tu leurres un pauvre cœur déjà si crédule, par l'appât d'un amour ranimé... oui, je le le regrette, c'est peu digne de toi; et si tu es si aveugle que tu ne puisses te conduire toi-même, laisse donc au moins à ceux qui t'aiment, le soin de te mettre dans le bon chemin.

LA COMTESSE.

Ainsi, je ne m'étais pas trompée, n'est-ce pas, Monsieur Gustave... déjà ils s'aiment, ils se le sont dit?

GUSTAVE, *avec bonté.*

Pour la dernière fois, Madame la comtesse, laissez-moi parler à votre raison... Vous êtes jeune, belle, aimante, retournez auprès d'un mari qui vous chérit, allez lui porter le bonheur en échange du pardon... et laissez ici un homme bien à plaindre, allez!... car il ne sera jamais heureux!

LA COMTESSE.

Ah ! je vous comprends, Monsieur, une à une, toutes mes chères illusions, vous me les aurez arrachées sans me guérir... Vous m'avez fait bien du mal, et je vous haïrais si je n'étais contrainte de vous admirer comme un homme de cœur et d'honneur...

GUSTAVE, *avec modestie.*

Madame...

LA COMTESSE.

Ah ! soyez-en sûr, Monsieur, ce sont deux sentiments qu'on a bien de la peine à conserver ensemble; car si l'on accorde trop à l'un on ne tarde pas à voir fuir l'autre.

GUSTAVE.

Croyez-moi, Madame la comtesse, votre cœur n'est que meurtri, il guérira... je donnerais ma vie pour le défendre même à vos propres yeux.

LA COMTESSE.

Merci, Monsieur.

GUSTAVE, *serrant la main de la comtesse.*

Je vous laisse, Madame, soyez vaillante jusqu'au sacrifice... La rédemption est à ce prix. (*Il sort.*)

SCÈNE IX

MAX, LA COMTESSE.

LA COMTESSE, *avec amertume à Max.*

Allez, Monsieur, allez, je ne vous retiens plus... Il ne faut pas faire attendre une fiancée.

MAX.

Pourquoi cet ironique langage, madame, vous dites vous-même que je ne possède pas son affection.

LA COMTESSE.

J'en suis sûre.

MAX.

C'est possible... mais je l'aime.

LA COMTESSE.

Ah ! vous en convenez, enfin !

MAX.

Oui, c'est vousdire que la liaison qui existait entre nous est brisée, bien brisée etque rien ne peut la renouer.

LA COMTESSE.

C'est bien !... Monsieur... c'est bien .. j'ai le pressentiment que les tortures de la jalousie qui me déchirent en ce moment ne tarderont pas à vous atteindre, à votre tour, car j'ai la certitude que mademoiselle de Ris aime le comte de Mauléon.

MAX.

La certitude !

LA COMTESSE.

Oui, la certitude... croyez-le bien, une jeune fille ne renonce pas aisément à l'orgueil de porter un grand nom, d'occuper un haut rang, de mener une grande vie au milieu des splendeurs de la fortune, et quand le romanesque de votre rencontre sera affaibli, quand l'auréole dont la belle action de votre père a orné votre front, sera effacée, ses yeux se dessilleront et le comte aujourd'hui amoindri, lui apparaîtra ce qu'il n'a jamais cessé d'être, comme le seul homme aimé de son monde, à qui elle puisse décemment confier sa vie.

MAX, *ébranlé.*

La preuve?

LA COMTESSE.

La preuve!

MAX.

Oui, oui, il me la faut?

LA COMTESSE, *s'animant.*

L'impatience où était Volcy, avant de vous connaître, d'épouser le comte, qui malgré sa morgue, n'en est pas moins un homme aimable et du meilleur ton... et puis croyes-vous que madame de Ris m'eut annoncé ce mariage, si elle ne se fut convaincu de l'affection de sa fille pour monsieur de Mauléon !... Elle subit en ce moment la volonté du Général ; mais plus tard... Ainsi tout concourt à prsuver ce que j'avance : la fortune, le rang, les qualités d'un côté... les engagements pris et les convenances de l'autre, aujourd'hui monsieur et madame de Ris sont dupes de leur cœur, mais quand la réflexion aura calmé leur reconnaissance, ils regretteront l'acte insensé qu'ils autorisent. C'est alors que commenceront pour vous, les tortures que je vous ai prédites, et en comprenant que vous n'êtes pas aimé, vous pourrez vous rendre compte de ce que j'ai souffert... Adieu!... (*Elle sort.*)

MAX.

Elle se venge.., suis-je fou!... je sens déjà la jalousie me mordre le cœur. Il faut que je parle à Volcy. (*Il sort.*)

SCENE X

LE COMTE, VOLCY.

LE COMTE.

Ah! c'est vous, enfin, je vous cherche depuis une heure.

VOLCY.

Me voici retrouvée, Monsieur le Comte.

LE COMTE.

Aujourd'hui, pour être le bienvenu, je me suis fait le messager de votre meilleure amie.

VOLCY.

De Blanche Delorge, votre cousine?

LE COMTE, *joyeusement.*

Justement!

VOLCY.

Qu'avez-vous pour moi?

LE COMTE.

Une lettre.

VOLCY.

Ah! donnez-la vite.

LE COMTE.

Un moment.... Je veux ma récompense.

VOLCY.

Que demandez-vous?

LE COMTE.

D'abord, la première valse!

VOLCY.

Accordée.

LE COMTE.

Ce n'est pas tout.

VOLCY.

Quoi encore?

LE COMTE.

Votre main, comme gage de réconciliation.

VOLCY.

Mais je ne suis pas fâchée contre vous, monsieur le Comte.

LE COMTE.

Bien vrai?

VOLCY.

Bien vrai.... n'abordons plus de sujets qui nous divisent et nous vivrons en bonne intelligence.

LE COMTE.

C'est dit...

VOLCY.

Ma lettre?... Ma lettre?...

LE COMTE, *souriant.*

Votre main?... votre main?

VOLCY.

Donnant donnant, à ce qu'il paraît... (*Elle prend la lettre que lui offre le Comte, l'embrasse, la décachète et la lie avec joie.*) Quel bonheur! Blanche qui ne devait pas venir arrivera ce soir tard à notre bal... Je cours la recevoir.

LE COMTE.

Eh bien! et mon gage?

VOLCY.

Vous y tenez... le voici. (*Le comte prend la main de Volcy et l'embrasse au moment où Max, vu du public, sans être vu ni du comte ni de Volcy, passe dans les allées et s'éloigne, extrêmement surpris et chagrin. — Volcy retirant vivement sa main de celle du comte.*) Que faites-vous, monsieur le Comte?

LE COMTE.

Je vous aime, mademoiselle, cela excuse ma hardiesse.

VOLCY, *d'un ton de reproche et rougissant.*

Ah! monsieur le Comte, combien je me repens de vous avoir écouté, en dehors de la présence de mes parents... C'est la première fois... mais ce sera la dernière. (*Elle sort.*)

LE COMTE, *avec fatuité.*

Elle a rougi... donc elle m'aime. Je puis maintenant en toute sûreté voir le général.

SCÈNE XI

LE GÉNÉRAL, LE COMTE.

LE GÉNÉRAL.

Ah! monsieur le comte, j'ai à vous parler.

LE COMTE.

Moi de même, Général.

LE GÉNÉRAL.

Avez-vous reçu ma lettre, ce matin?

LE COMTE.

J'étais à la campagne; mais bien qu'on me dise assez formaliste, je me suis considéré suffisamment invité hier, par madame de Ris.

LE GÉNÉRAL.

Et vous avez eu raison.

LE COMTE.

Avant tout, Général, permettez-moi de vous annoncer que mon père doit avoir demain, l'honneur de vous demander pour moi, la main de mademoiselle votre fille.

LE GÉNÉRAL.

Votre demande m'honore, monsieur de Mauléon, et je vous l'eusse accordée avec grand plaisir, avant mon départ, mais aujourd'hui, j'ai le regret de vous dire qu'il n'est plus temps.

LE COMTE.

Comment cela?... Aurais-je démérité dans votre estime?

LE GÉNÉRAL.

Nullement, monsieur.

LE COMTE.

Eh bien! alors?

LE GÉNÉRAL.

Savez-vous que voici bientôt six mois que vous courtisez Volcy?

LE COMTE.

J'ai pris la route la plus longue, mais la plus sûre pour arriver jusqu'à son cœur.

LE GÉNÉRAL.

Quant à moi, je n'aime pas ces moyens de peureux, et malheureusement pour vous, les femmes sont, je crois, de mon avis, elles aiment mieux qu'on aille promptement et franchement en besogne... si on gagne la bataille elle est brillante, et si l'on est battu, on a au moins montré du cœur.

LE COMTE.

Cette tactique peut être bonne, mais vis-à-vis de mademoiselle de Ris, à mon avis, elle n'était ni indiquée ni praticable.

LE GÉNERAL.

Un autre n'a pas pensé comme vous et a été plus heureux.

LE COMTE, *d'un ton d'incrédulité.*

Peut-on vous demander son nom?

LE GÉNÉRAL.

Je vous l'ai présenté tout à l'heure.

LE COMTE, *avec ironie.*

Comment! Ce jeune sauveur universel?

LE GÉNÉRAL.

Lui-même!

LE COMTE.

Vous voulez paisanter, n'est-ce pas Général?

LE GÉNÉRAL.

En ais-je l'air, monsieur?

LE COMTE.

Comment, vous donneriez mademoiselle de Ris, à un avocat de province... sans notoriété... peut-être sans fortune et à peine connu de vous?

LE GÉNÉRAL.

Parfaitement, monsieur, il est honnête homme, il a de

l'esprit, du cœur, je suis l'obligé de son père... Cela me suffit.

LE COMTE.

C'est trop s'exagérer les devoirs de la reconnaissance... Et vous avez l'assentiment de madame de Ris ?

LE GÉNÉRAL.

Oui, monsieur.

LE COMTE.

Et celui de mademoiselle Volcy ?

LE GÉNÉRAL.

Oui, monsieur.

LE COMTE.

Sans pression aucune?

LE GÉNÉRAL.

J'ai toujours entendu laisser ma fille libre de disposer de son cœur et de sa main, persuadé que je suis, que celui qu'elle choisira sera digne d'elle.

LE COMTE.

Alors, Général, il y a erreur... car je quitte à l'instant même mademoiselle Volcy, qui ne m'a rien appris de semblable, et jusqu'à preuve du contraire, laissez-moi vous dire, que vous vous trompez sur ses sentiments et permettez-moi d'aller réclamer son témoignage, pour prouver ce que j'avance.

LE GÉNÉRAL.

Allez monsieur, et quelque décidé que soit ce mariage, si vous me démontrez que Volcy vous aime, c'est à vous que je la donne.

LE COMTE.

S'il en est ainsi... je suis rassuré. (*Il sort.*)

SCÈNE XII

LE GÉNÉRAL, *seul.*

Il joue vraiment de malheur ce pauvre comte... Il vient me demander ma fille juste au moment où je ne puis la lui donner... Ce garçons là, fera bien de ne pas se marier, car il est toujours si content de lui!... que... Enfin tout est fini... J'en ai chaud! Cherchons Germain... Je prendrais bien un verre de madère... (*Il sort.*)

SCÈNE XV

MAX, *seul, entrant vivement.*

J'ai brisé le cœur d'une femme, une autre brise le mien, c'est justice. Pauvre sot que j'étais d'avoir pu croire que son amour serait plus fort dans son cœur que la vanité!... Edmée me l'avait bien prédit qu'elle choisirait l'homme riche et titré? Je ne rentrerai pas dans ce bal, car à la vue du comte je ne pourrais pas me contenir... et je n'y entrerai pas surtout, paré de cette fleur. (*Il l'arrache brusquement de sa boutonnière.*) que je croyais tantôt un gage de sa tendresse et que je brise maintenant, comme celle qui me l'a donnée, vient de me briser le cœur. (*Il la jette à terre.*)

SCÈNE XVI

MAX, VOLCY.

VOLCY, *tout attristée, aperçoit Max écrasant la fleur.*

Que vous a fait la fleur que je vous ai donnée, monsieur, pour la traiter ainsi?

MAX.

A quoi bon des explications mademoiselle, j'ai eu tort de me laisser aller à de folles espérances; mais vous étiez pour moi comme un mariage si doux que vous éblouissiez mes yeux, et je vous aimais tant, que ce qui n'était chez vous que de la reconnaissance, j'en avais fait de l'amour...

VOLCY.

Mais monsieur...

MAX, *continuant.*

Oh! je ne vous en veux pas!... Mais vous aimiez ailleurs à votre insu, sans doute... reprenez donc une promesse d'union qui ne m'a pas donné autant de joie à recevoir, que je n'ai de chagrin à vous la rendre.

VOLCY.

J'aimais ailleurs, monsieur. Oh! les sentiments que je vous ai exprimés, étaient ceux d'un cœur qui ne s'ignorait pas lui-même, et si vous ne les reconnaissez plus, c'est que vous ne voulez plus les reconnaître.

MAX.

De sceptique que j'étais, vous m'aviez fait croyant... mais de nouveau j'ai perdu la foi... aussi je n'ai plus rien à vous dire.

VOLCY.

C'est bien, monsieur, je cherche vainement les motifs d'un tel langage, mais j'ai du courage... Soyez libre monsieur... (*en s'éloignant.*) Adieu.

MAX, *avec passion.*

Ah! si vous saviez comme il en coûte pour briser son idole! Vous mentiriez plutôt que de me laisser croire à votre trahison... vous me diriez que j'ai mal vu... que cette lettre n'est pas de monsieur de Mauléon, que vous ne la pressiez pas sur vos lèvres, et que lui, lui! ne pressait pas votre main sur sa bouche! Oh! si vous saviez, mon Dieu!... comme je voudrais m'être trompé.

VOLCY, *avec une dignité simple.*

A quoi bon le mensonge!... monsieur, la vérité parle bien plus haut... Cette lettre la voici... Lisez-la monsieur, lisez-la, mais, lisez-la donc.

MAX, *tout ému.*

Non... Non...

VOLCY.

Cette lettre est de Blanche Delorge, ma meilleure amie, qui avait prié son parent, M. de Mauléon, de me la remettre ce soir... Blanche m'informait qu'elle viendrai, mais tard à notre fête, j'ai porté sa lettre à mes lèvres, parce que j'aime beaucoup celle qui me l'a écrite... et quant à ma main, c'est contre ma volonté et par surprise, que monsieur de Mauléon y a déposé un baiser.

MAX.

Je vous crois.

VOLCY.

Adieu!

MAX.

Ah! pardonnez-moi!

VOLCY.

Puis-je vous pardonner vos injurieux soupçons, monsieur.

MAX.

La jalousie n'est-elle pas mon excuse? Pardonnez-moi, je me repens profondément.

VOLCY.

J'hésite à vous croire, vraiment...

MAX.

Oh! n'hésitez pas mademoiselle... je vous aime.

VOLCY, *vivement.*

Est-ce bien vrai?

MAX.

Mieux encore, chère Volcy, je vous adore... et vous?

VOLCY.

O Max! mon mari, je vous aime.

SCÈNE XV

LES MÊMES, LA COMTESSE, LE COMTE DE MAULÉON.

LE COMTE, *avec mépris et froidement.*

En êtes-vous bien sûre, mademoiselle?

MAX, *au Comte.*

Ah! mesurez vos paroles, monsieur.

LE COMTE, *avec un geste de dédain.*

Allons donc...

LA COMTESSE, *au Comte.*

Vous n'êtes guère philosophe, monsieur le Comte ne savez-vous pas que le cœur d'une jeune fille souvent mal assuré, est comme le ruban de sa ceinture, flottant à tous les vents.

VOLCY.

Ah! madame!...

MAX, *bas à la Comtesse.*

Prenez garde, madame...

LE COMTE.

Je croyais aux exceptions, Comtesse, mais je n'y crois plus.

VOLCY, *au Comte, d'une voix brève et indignée.*

Monsieur de Mauléon ? si vous m'eussiez aimée, je vous pardonnerais votre intention de m'offenser, car je comprends, depuis que j'aime, jusqu'où peut porter la jalousie... mais je ne saurais vous la pardonner parce que vous n'êtes que froissé dans votre orgueil, et que ne pouvant obtenir ma main vous voudriez la salir...

MAX.

Ne vous abaissez pas à lui répondre.

LE COMTE, *à Volcy.*

Il vous faudrait peut-être des actions de grâce ? Ah! tenez, Mademoiselle, brisons-là.... quand je pense que j'allais vous offrir mon nom !

VOLCY.

Comme je bénis Dieu de m'avoir éclairée!

LE COMTE.

Mon nom ! qu'en eussiez-vous donc fait ?

MAX, *d'un ton de colère contenue.*

Monsieur, taisez-vous ! Vous ne savez donc pas que l'angélique pureté d'une jeune fille est une cuirasse sur laquelle glisse la souillure, et quelqu'acérée que soit la dent d'un reptile, elle s'émousse toujours sur ce pur diamant.... dans votre rage impuissante, vous écumez... mais vous ne mordez pas.

LE COMTE, *avec une ironie froide.*

Malgré la grande richesse de vos comparaisons, mon cher monsieur, je vous préviens que je suis du petit nombre de ceux qui ont encore des principes ; noble, je ne me bats que très difficilement avec le premier venu.

MAX, *en tremblant de colère.*

Ah ! j'aurais dû me douter que celui qui use sa bravoure à insulter une femme, n'a plus que la lâcheté à opposer aux outrages d'un homme..., vous, noble!... ah ! si la noblesse de France vous entendait ! elle mettrait des habits de deuil !

LE COMTE.

Monsieur.... C'en est trop !...

MAX.

Allons, saluez vite, monsieur, celle que vos calomnies veulent atteindre... saluez bas avant que mon gant ne stigmatise votre visage.... (*Avec ses dents, il déchire un de ses gants et le lui jette au visage.*)

LE COMTE.

Misérable!... je vous tuerai. (*Il sort.*)

MAX.

Enfin ! (*A la Comtesse, en allant vers Volcy.*) Elle s'évanouit, madame, et vous ne la secourez pas ? (*Avec dureté.*) Impitoyable comme toutes les femmes déchues.

LA COMTESSE.

Malheureux ! Tu as tort de me blesser au cœur ; rappelle-toi que les femmes de mon pays, ne pardonnent jamais.

ACTE QUATRIEME

Le théâtre représente une grande chambre de logement d'un garde-chasse, avec porte au fond, portes latérales, une croisée et une petite table où il y a ce qu'il faut pour écrire.

SCÈNE PREMIÈRE

FRANÇOIS, *seul.*

Ces nuits de Mai sont tout de même point chaudes... j'ai un brin frisquet, j'vas rallumer un peu de feu... C'est égal... (*Il rallume le feu.*) qui qu'aurait dit hier soir, un peu après le départ de notre maître, le garde-chasse qui, cette nuit, fait sa ronde autour d'la faisanderie, qu'un monsieur, ben laid et une dame ben belle, m'donneraient deux mille francs pour avoir le droit de coucher dans le meilleur lit de la maison, une belle jeunesse d'homme, tout en sang, qui doit être ben blessé: car j'ai entendu le grand médecin de Fontenay, le même qui a tué mon grand-père, dire, avec son air savant.... « Il a vécu, » il paraît que ça veut dire en latin qu'il n'en relèvera pus ... Allons, je vais voir si on a pas besoin de moi... et puis, je veux savoir le fin mot de la chose. (*Il sort.*)

SCÈNE II

LA COMTESSE, *entrant seule sortant de chambre de Max.*

Grâce à Dieu, le médecin du village s'était exagéré beaucoup la gravité de la blessure... Le chirurgien de Paris répond du salut de Max... Max vivra !... et il vivra pour une autre.... (*Elle s asseoit devant la table et écrit.*)

SCÈENE III

LA COMTESSE, FRANÇOIS.

FRANÇOIS, *à part.*

Mon Dieu, qué biaux airs tristes...qué biaux airs tristes ..

Ben sur, elle est noble... faut que j'tâche de bien parler (*haut.*) madame veut-y queuque chose ?

LA COMTESSE.

Attendez !.., (*Elle lit haut la lettre qu'elle écrit.*) « mademoiselle, le plus grand des malheurs vous menace dans vos affections, venez à l'instant même à la maison du garde où je vous attends... Vos parents que j'avertirai un peu plus tard... vous suivront à peu de distance. »(*au garde.*) Vous connaissez le château du général de Ris, n'est-ce pas?

FRANÇOIS.

Oh ! j'crois ben madame, c'est là au bout du parc et ma sœur est la femme de chambre de mademoiselle Volcy, et mon maître, le garde-chasse du général.

LA COMTESSE.

Vous pourriez alors remettre cette lettre à mademoiselle Volcy elle-même?

FRANÇOIS.

Oui, madame... je dirai que ça vient de la part de madame de... Ah ! j'suis t'y bête !... je cherche le nom de madame et je ne l'connais pas.

LA COMTESSE.

Vous n'avez rien à dire qu'à remettre cette lettre.

FRANÇOIS.

Oui madame... (*à part.*) Il y a du mystère...

LA COMTESSE, *lui donnant une bourse.*

Tenez, prenez ceci pour vous...

FRANÇOIS, *saluant.*

Ah ! grand'merci madame...

LA COMTESSE,

Voici une seconde lettre que vous remettrez au général de Ris, une heure après que sa fille aura reçu la sienne. M'avez-vous bien comprise?

FRANÇOIS.

Oui madame.

LA COMTESSE.

Faites promptement et je vous récompenserai de nouveau.

FRANÇOIS.

Madame la comtesse est trop bonne... pour ne pas me tromper, je vas mettre la celle de monsieur le Général dans m'poche... et je tiendrai l'autre à l'main.

LA COMTESSE.

C'est bien!... allez!...

FRANÇOIS, *à part, regardant alternativement la comtesse et la bourse.*

Qué biaux airs tristes, mon Dieu, qué biaux airs tristes!... d'un côté ça me fend le cœur, (*Faisant sauter la bourse*), et d'un autre ça me l'réjouit. (*Il sort*).

SCÈNE IV

LA COMTESSE, *seule.*

On est donc bien lâche quand on aime, et cette passion qui élève tant l'âme, dit-on : comment a-t-elle pu dégrader la mienne à ce point que pour complaire à l'homme que j'aime, j'ai la bassesse d'attirer devant ses yeux, ma rivale abhorrée... pourquoi n'ai-je pas la force de braver un de ses désirs? Tout-à-l'heure penchée sur lui, anxieuse, cherchant son regard, je mendiais un signe de tendresse... Edmée, m'a-t-il dit, « je voudrais voir Volcy avant de mourir. » Et moi, qui garde dans mon cœur, tant de tendresse pour lui!... (*Mettdnt la main sur sa poitrine*), qui sent là tout un monde d'amour à lui donner encore... je suis sacrifiée; il n'a pas craint de m'avouer sa passion pour cette jeune fille... et je l'ai envoyée chercher... et je l'attends!... Ah! Max, Max... c'est tenter Dieu!... tu ne crains donc pas que je devienne insensée... et que foulant aux pieds mon amour je n'écoute plus que la voix de ma jalousie .. tu ne crains donc pas, qu'Edmée qui voulait être généreuse, ne soit que jalouse et vengeresse? Quoi qu'il arrive, c'est toi qui l'auras voulu... (*Un temps.*) Oui, l'heure d'agir est venue... je suis sortie de son cœur, et n'y rentrerai pas... il aime Volcy!... il me faut choisir entre la vengeance et l'expiation... la vengeance!... me vengerai-je sur une jeune fille, une enfant dont l'amitié des parents m'est toujours chère? Pourquoi pas? Mais en me vengeant, c'est m'attirer la haine éternelle de celui que j'adore... fuir, alors?... Mais où!... irai-je bassement, hypocritement jouer la tendresse sous le toit conjugal... jamais!... mourir, alors?... mais, en me sacrifiant, suis-je assurée au moins que cette jeune fille aime Max, d'un amour égal au mien? Non... eh bien! je veux m'en convaincre. Soumettons-la, à une terrible épreuve; faisons-lui croire qu'un de ces deux verres est empoisonné (*Elle se dirige vers un buffet et feint de verser de l'eau dans deux verres qui si trouvent.*) et que l'une de nous deux doit mourir. Si elle hésite, en étalant sa faiblesse sous les yeux de Max, peut-être pourrai-je recommencer la lutte et me le rattacher... si elle n'hésite pas, c'est qu'elle l'aime, comme il doit être aimé, et alors je renonce à la vengeance... et j'en finis avec la vie.

SCÈNE V

LA COMTESSE, VOLCY.

VOLCY, *entre précipitamment.*

Qu'y a-t-il madame, quel malheur me menace?

LA COMTESSE.

Vous ne le devinez pas, mademoiselle?

VOLCY.

Mais... non, madame... non ..

LA COMTESSE, *avec dureté.*

Et cependant, vous tremblez... vous voyez bien, que vous pressentiez un malheur... ils se sont battus!...

VOLCY.

Oh! je ne voulais pas le croire madame.... (*En tremblant.*) Et, monsieur Max ?

LA COMTESSE.

Monsieur Max ...Il a demandé à vous voir avant de mourir, il est là...

VOLCY, *chancelant.*

Oh! madame!... je crois que vous venez de me tuer...

LA COMTESSE.

Vous l'aimez donc bien?

VOLCY.

Si je l'aime!... mais s'il meurt, je mourrai.

LA COMTESSE.

S'il vous trompait?

VOLCY.

Lui ! oh ! non !... il m'a dit que seule j'avais sa tendresse... et je le crois.

LA COMTESSE.

Si je vous donnais la preuve que vous vous trompez.

VOLCY.

Il va mourir, il me demande, je veux le voir (*Se précipitant vers la chambre de Max.*) Conduisez-moi vers lui, madame.

LA COMTESSE.

Êtes-vous donc si certaine de vos charmes? Vous êtes jeune, jolie, c'est vrai; mais si Max vous demande, c'est uniquement pour obtenir de vous, le pardon d'avoir mis le trouble dans votre famille, en vous exprimant des sentiments que vous avez follement pris au sérieux. Ce n'est pas vous qu'il aime.

VOLCY.

Oh! je rêve!...

LA COMTESSE.

Quels sont vos titres à son affection? Deux fois, dans votre vie, l'avez-vous veillé mourant... Avez-vous demandé à Dieu, qu'il prolongeât sa vie de tous les jours de la vôtre?

VOLCY.

Madame!...

LA COMTESSE.

Oh! votre amour d'enfant est pâle comme vos cheveux. Ce qu'il faut à Max, ce sont des élans plus brûlants que les vôtres... Ce n'est pas vous qu'il peut aimer... Ce n'est pas vous qu'il aime.

VOLCY.

Qui donc, aime-t-il alors?

LA COMTESSE.

Moi!

VOLCY, *vivement.*

Vous, madame?

LA COMTESSE, *lui montrant le portrait de Max qu'elle a retiré de son sein.*

Tenez: reconnaissez-vous ce portrait?

VOLCY, *le regardant, puis, avec douleur.*

Et... c'est lui !...

LA COMTESSE.

Qui me l'a donné...

VOLCY.

Madame la Comtesse, il faudrait donc vous haïr et vous mépriser...

LA COMTESSE.

Que me fait votre haine et que m'importe votre mépris ! Vous ne comprenez donc pas que cette tiède passion qui s'est développée dans votre cœur d'enfant, ait pu naître, terrible et brûlante dans celui d'une femme qui n'avait plus elle, le droit de le donner? soit: je ne vous prends pas pour juge. Mais ce que je veux que vous sachiez, c'est que loin de déplorer ma faute, je la chéris, c'est que j'ai aimé Max jusqu'à oublier pour lui, tout ce qui fait l'honneur et le repos de la vie; c'est que je l'aime encore de toute la puissance de mon être, de toute la force d'un commun passé de joies et d'amertumes que rien ne saurait effacer. Libre à vous qui n'avez pas lutté, qui n'avez pas souffert, de me jeter l'opprobre au visage; ce n'est pas mon honneur qui est ici en cause, c'est mon amour : Max m'appartient et tant qu'il vivra, je ne le céderai à personne, entendez-vous?

VOLCY.

Ma présence ici est déplacée, madame, souffrez que je me retire.

LA COMTESSE.

Ne vous souvient-il plus déjà, que c'est Max qui vous appelle?

VOLCY.

S'il vous aime, c'est à vous de lui fermer les yeux. (*Elle fait quelques pas pour sortir.*)

LA COMTESSE.

Restez... Tout n'est pas fini entre nous.

VOLCY, *avec dignité.*

Madame... la fille du général de Ris, ne peut demeurer plus longtemps sous le même toit que la maîtresse d'un homme qui tout-à-l'heure encore était mon fiancé!

LA COMTESSE.

Tout-à-l'heure, dites-vous? Il ne l'est donc plus? Vous renoncez donc à lui?

VOLCY.

J'ai une famille, madame, et sa dignité m'est aussi précieuse que la mienne.

LA COMTESSE.

Vous avez raison, mademoiselle, retournez auprès de vos parents... Plus tard... (on oublie vite à votre âge) vous trouverez la tendresse paisible qui vous convient. (*Railleuse.*) Et puisque ce cri dont ma jalousie s'est effrayée, « s'il meurt, je mourrai! » n'était qu'un vain mot sur vos lèvres, puisqu'il suffit d'une rivale pour dissiper vos espérances, puisque je n'ai plus à vous craindre, je ne veux pas que vous quittiez cette maison avec un remords : Max est sauvé! Il vivra.

VOLCY.

Il vivra! (*Avec une joie pleine de larmes.*) Oh! vous vous jouez cruellement de moi, madame.

LA COMTESSE, *qui l'a fixée anxieusement.*

Mais la joie perce à travers vos larmes?...

VOLCY, *tremblante.*

Ce pardon qu'il voulait obtenir de moi avant de mourir. Vous mentiez donc?... Dans quel but?

LA COMTESSE, *lui saisissant les mains.*

Vous voilà toute tremblante!

VOLCY, *véhémente.*

Pourquoi m'avez-vous attirée ici, madame? Pourquoi?

LA COMTESSE.

On n'éprouve pas une émotion pareille sans un secret espoir. Inconscient ou non, cet espoir est en vous, n'est ce pas? Oseriez-vous le nier?

VOLCY.

Eh bien, oui! j'espère... Et j'espère parce que vos violences, vos menaces, vos railleries, tout me dit que vous me trompez; j'espère, parce que j'aime et que je me sens aimée; mais je devine un piège. A votre tour, prenez garde. Ah! je ne suis pas la faible et frivole créature que vous me supposez; et si Max, rompant une liaison qui l'abaisse, espère en moi comme j'espère en lui, je saurai affronter même la mort, pour l'arracher aux coupables liens dans lesquels vous prétendez le retenir.

LA COMTESSE, *appuyant sur chaque mot.*

Même la mort?

VOLCY.

Oui, madame.

LA COMTESSE.

Écoutez-moi, Volcy. Je vous ai trompée : Max vous aime, et il vous aime assez pour m'avoir imposé cette douleur de me l'avouer, à moi, qu'il trahit, qu'il méprise, qu'il tue. (*Volcy se redresse avec un cri de joie.*) Mais croyez-vous que je vais accepter votre triomphe, sans vous rendre le mal que vous m'avez fait... Torture pour torture, rien ne m'arrêtera : remords vivant pour lui, ennemie implacable pour vous, je mettrai le scandale dans votre existence et le désespoir dans vos âmes, vous demandant compte à toute heure, à lui de son parjure, à vous, de la joie que vous m'avez volée. Voulez-vous toujours me disputer Max, mademoiselle?

VOLCY.

Oui, dussé-je en mourir.

LA COMTESSE.

Certes, l'horrible situation dans laquelle nous sommes, ne saurait finir que par ma mort ou la vôtre. Oh! si votre haine était égale à la mienne, ce serait bientôt fini.

VOLCY.

Que voulez-vous dire?

LA COMTESSE.

Je veux dire... Qu'il faut que l'une de nous deux disparaisse... Volcy, l'un de ces deux verres est empoisonné. Choisissez-en un : si vous me donnez votre parole que vous le viderez d'un trait à mon exemple, la première, je boirai l'autre.

VOLCY.

Mais, Madame, c'est épouvantable ce que vous me proposez là!...

LA COMTESSE.

Vous hésitez?..,

VOLCY.

Quoi! mourir ici même sur l'heure, de cette mort impie et cruelle?

LA COMTESSE.

Les chances sont égales entre nous, Mademoiselle?

VOLCY.

Les conditions ne le sont pas. Vous, vous avez le droit de ne songer qu'à vous-même. Est-ce que je m'appartiens, moi? Me tuer, c'est tuer en même temps, un père, une mère qui m'adorent. Renoncez Madame, à vos funestes projets.

LA COMTESSE.

Soit : mais alors, jurez-moi de ne plus revoir Max ; Jurez-moi d'épouser monsieur de Mauléon.

VOLCY.

Jamais! Ce serait au-dessus de mes forces,

LA COMTESSE.

Lâche, qui ne sait ni s'assurer le bonheur, ni mourir! Allez Mademoiselle, allez!... vous ne méritez que ma vengeance. Vous ne savez pas aimer, vous n'aimez pas Max.

VOLCY.

Vous croyez !... (*Elle saisit un des deux verres, veut le porter à ses lèvres, la Comtesse la retient.*)

LA COMTESSE, *avec élan.*

Arrêtez! (*Un temps.*) (*A part.*) A la bonne heure, c'est ainsi qu'il doit être aimé!... (*A Volcy, la poussant vers la chambre de Max.*) Allez, Volcy, allez! Max attend sa fiancée. (*Volcy rentre dans la chambre.*)

SCÈNE VI

LA COMTESSE, *seule.*

Elle l'aime... Je dois mourir... Oh! Max, je t'ai tout sacrifié, vertu, devoir, honneur.— Voici ma vie. (*Elle boit le poison.*

SCÈNE VII

LA COMTESSE, GUSTAVE.

GUSTAVE.

Notre blessé va bien mieux, madame la Comtesse... Le chirurgien lui ayant lié l'artère, il a repris ses forces... Il est sauvé.

LA COMTESSE.

C'est bien monsieur !...

GUSTAVE.

Ah ! tenez madame, il faut que je vous dise toute l'admiration que vous m'inspirez... Je connais toute l'étendue de votre sacrifice et je comprends toutes les révoltes que vous avez dû dompter, tous les efforts qu'il vous a fallu faire pour amener vous-même, votre rivale sous les yeux de Max.

LA COMTESSE.

Oui, monsieur, j'ai eu cette lâcheté.

GUSTAVE.

Dites cette grandeur d'âme... Ah ! si vous avez commis une faute, vous venez de noblement la racheter.

LA COMTESSE.

Vous m'avez montré la route du devoir monsieur, je vous remercie... J'ai même été trop longtemps à y rentrer... Mais ces émotions m'ont brisée. Aidez-moi je vous prie à sortir de cette maison. *(A part.)* Je ne veux pas mourir ici. *(à Gustave.)* Votre bras, monsieur.

GUSTAVE.

Vous me paraissez souffrante... Je vais appeler...

LA COMTESSE.

Non... Sortons... j'étouffe ici.

GUSTAVE.

Vous chancelez !...

LA COMTESSE.

De l'air...

GUSTAVE.

Madame, que s'est-il passé?

LA COMTESSE.

Mais vous ne voyez donc pas que je me meurs... Sortons

GUSTAVE.

Ah ! la malheureuse...

LA COMTESSE, *l'interrompant.*

N'appelez pas? Je ne veux pas attrister leur bonheur par mon agonie. Oh ! par pitié monsieur, sortons, il ne faut pas que je succombe ici. *(Elle entraîne Max et tous les deux sortent par le fond.*

SCÈNE VIII

MAX, VOLCY.

VOLCY *chancelant soutenu par Max.*

Vous voyez bien qu'il n'y a personne...

MAX.

Il me semblait pourtant avoir entendu appeler.

MAX, *apercevant et reconnaissant le flacon sur la table.*

Ah! (*A part avec un découragement profond et se cachant de Volcy.*) Généreuse femme.

VOLCY, *à Max.*

Qu'avez-vous?

MAX.

Rien.... (*On entend la voix du général (A part.)* Que de remords!...

SCÈNE IX

LES MÊMES, LE GÉNÉRAL, MADAME DE RIS.

LE GÉNÉRAL.

Si les blessures ne sont pas graves, cela me suffit, d'ailleurs la veille d'un mariage, un fiancé peut bien faire demander sa fiancée... surtout quand il vient de si noblement la venger... Max, voici voici votre femme; je paie au fils la dette du cœur contractée envers le père.

MADAME DE RIS.

Allons, Monsieur, vous avez gagné la partie. Vous avez rendu le portrait, mais vous gardez l'original et j'en suis bien heureuse.

FIN DU QUATRIÈME ET DERNIER ACTE.

80-959 Paris. Typ. Morris Père et Fils, rue Amelot, 64.

Paris. — Typ. Morris, Père et Fils, rue Amelot, 64.

www.ingramcontent.com/pod-product-compliance
Ingram Content Group UK Ltd.
Pitfield, Milton Keynes, MK11 3LW, UK
UKHW022118190726
13855UKWH00003B/934

9 782013 061278